2021·北岳·中国文学主题年选

（丛书主编：王朝军）

2021年
诗歌选粹
☼ 向度

邰 筐 ◎ 主编

山西出版传媒集团　北岳文艺出版社

·太原·

图书在版编目（CIP）数据

2021年诗歌选粹·向度 / 邰筐主编. —太原：北岳文艺出版社，2022.8

（2021·北岳·中国文学主题年选 / 王朝军主编）

ISBN 978-7-5378-6603-3

Ⅰ.①2… Ⅱ.①邰… Ⅲ.①诗集—中国—当代 Ⅳ.①I227

中国版本图书馆CIP数据核字（2022）第140704号

书　　名	2021年诗歌选粹·向度	出 品 人	郭文礼	责任编辑	庞咏平
		策　　划	王朝军	书籍设计	张永文
主　　编	邰　筐	项目统筹	赵　婷　高海霞	印装监制	郭　勇

出版发行	山西出版传媒集团·北岳文艺出版社
地　　址	山西省太原市并州南路57号
邮　　编	030012
电　　话	0351-5628696（发行部）
	0351-5628688（总编室）
传　　真	0351-5628680
经 销 商	新华书店
印刷装订	山西新华印业有限公司

开　　本	787mm×1092mm　1/16
字　　数	343千字
印　　张	18.25
版　　次	2022年8月第1版
印　　次	2022年8月山西第1次印刷
书　　号	ISBN 978-7-5378-6603-3
定　　价	59.00元

本书版权为本社独家所有，未经本社同意不得转载、摘编或复制

编者的话

《2021年诗歌选粹》的编选过程是时断时续的，差不多持续了八九个月。选出这些诗作的时间、地点、际遇也不尽相同：行政例会和新闻选题会的短暂间隙，楼下排队做核酸时漫长的等待，旅途中的客栈，飞机上、高铁上……都是与一首好诗不期而遇的最佳时机。

慢慢的，我开始相信一首好诗或许本身就是有生命的。我常常有这样的感觉，在孤独的列车上读到一首好诗的时候，那诗的作者仿佛就微笑着坐在我对面；而在某个静静的深夜读到某首好诗的时候，突然就听到某个人的心跳和喘息声，隐隐从纸页间传来。

但一首好诗究竟应该是什么样子呢？这本年选为我们提供了一百多种答案。

好诗像桃子，它的外在形式应是现代的丰富的新鲜的富有质感的，它有时像"千万只花魂飞舞的心跳/最后沉淀为童年的微笑之色"（李云《蜜汁》），有时像"那时的春天稠密，难以搅动，野油菜花/翻山越岭。蜜蜂嗡嗡的甜，挂在明亮的视觉里/一十三省孤独的小水电站，都在发电"（陈先发《最后一课》）；好诗像核桃，剥开坚硬的壳之后，就会露出思想的核，就像"春天里出生的绿皮野兽/在秋夜里悄悄吞下十瓣月亮"（高鹤唳《橘子》）；好诗像锥子，会毫不手软地扎进时代的腐肉里，就像"我没有去制止的飞蛾的疼痛/成了我童年残忍的部分"（卢卫平《残忍的部分》）；好诗像锤子，还要具有刀削斧凿的力度，就像"人群从鱼腹深处、从空镜头往外涌出/海鸥是轻盈的，但波浪变成铁打的"（欧阳江河《老青岛》）；好诗就是日常的奇迹，就是《静水深流》（黄灿然），生活就是那流水本身，而诗人却是那最后扎紧袋口的人，只给这世界留下一大袋子的悲怆；好诗是附着在生活泥沼上面的沼气，是化腐朽为神奇的云蒸霞蔚，好诗是"蝶翅打开：一个自由、斑斓的国度。"（阿信《蝶翅：想起李叔同》）；好诗是一把万能钥匙，能打开所有心灵的锈锁，让你找到与整个世界对话的通道，就像"我走到语言的尽头/听懂了鸟的鸣叫/我走到颜色的尽头/看清了花的本质/我走到生命的尽头梦见初生的婴儿/我走到爱的尽头/遇到了母亲"（莫言《尽头》）。

没有人去精确计算所有诗人一年的产量究竟是多少，但各种年度选本无疑在做着意义差不多的筛选工作，就像从沙里淘金，从肉里挑刺。这里面凝聚了大家对新诗的热望与批评、不满与期待，时刻提醒诗人躬身自省、砥砺前行。

尤其值得一提的是，经莫言先生本人许可，本书专辑选载了莫言2021年最新创作的七首新诗，并配以数位评论家的解读。小说大师一旦举起诗意的三棱镜，呈现给我们的或许将是一个更为丰富和隐秘的世界，"愿我们在去往'语言的尽头'时，在语言最无力和最黑暗处，捧着这点灯火和光，看清楚各自，痛之何处。"（哨兵语）

"一语天然万古新，豪华落尽见真淳"，就像诗评家霍俊明说的那样，"诗也许关乎春秋关乎大义关乎真理，但也指向率真的性情和本真的生命以及词语和诗意双重的解放。"

目 录

第一辑　佳作赏析
千万只花魂飞舞的心跳

3　蝶翅:想起李叔同　　　/阿信
4　长河与落日　　　/安琪
6　难过　　　/安然
7　契诃夫的童年　　　/柏桦
10　大风　　　/曹兵
12　磁铁　　　/草树
15　忆风骨　　　/车延高
17　中年之雪(其十三)　　　/辰水
19　存在与时间　　　/陈巨飞
21　娘总在黄昏时分喊我　　　/陈亮
25　最后一课　　　/陈先发

27 晚安人间 /代薇

30 极乐变 /戴潍娜

32 喜马拉雅山 /灯灯

34 铸钟人 /杜涯

37 中年定义 /朵而

39 这是一个什么样的时刻 /朵渔

41 橘子 /高鹤唳

42 猫头鹰 /龚学敏

45 西部 /海湄

47 天会亮的 /海男

50 一匹马 /韩东

52 尺八 /胡弦

54 静水深流 /黄灿然

56 西部高原山顶的一个橘红色拉杆箱 /霍俊明

59 异想天开

　　——致策兰 /见君

62 灵魂故事 /江非

65 星图 /江离

68 九月二十六日访明德学院罗伯特·弗罗斯特旧居

　　——给亦来 /蒋浩

71 在昆虫的世界里 /津渡

74 白杨树 /蓝蓝

76 母亲 /蓝野

78 别离

——读黄景仁《别老母》　　／老四

81　动车库　　　／李木马

83　我爱大理石的悲凉　　　／李南

84　山中　　　／李少君

86　村庄与寺院　　　／李曙白

88　湖上　　　／李郁葱

90　蜜汁　　　／李云

93　大地上　　　／梁平

95　端详　　　／梁小斌

98　我们的田野　　　／林莉

100　把大海关上　　　／林莽

104　天湖秩序　　　／林秀美

106　奇云山的秋天　　　／林芝

108　秘境之瓯　　　／刘立云

111　这个世界不可抗拒　　　／刘川

113　在午后　　　／刘郎

116　陪儿子相亲　　　／刘年

118　老房子　　　／刘伟雄

120　神秘街　　　／瑠歌

122　当我们回忆过去　　　／龙少

124　残忍的部分　　　／卢卫平

126　每一艘渔船都装满了星星　　　／芦苇岸

128　东方　　　／马萧萧

130　一只蹲伏在高处的猫　　　／漫尘

132　捕獐记　　　／毛子

134	植物简史	/孟醒石
137	柿子树	/牧斯
139	木匠画像	/南焱
141	老青岛	/欧阳江河
144	荒废	/潘洗尘
146	安慰	/潘新安
148	凌晨记	/皮旦
149	匮乏的春天	/荣荣
151	夜歌	/桑克
153	多余的夜	/商震
155	逮捕	/尚仲敏
157	灰鹤	/哨兵
160	废墟	/沈苇
162	落日	/宋朝
164	小时候的月饼	/宋心海
167	菠菜地	/邰筐
173	有些石头,已经参与了我的生活	/汤养宗
175	弗罗斯特与我	/唐力
178	寻魂	/王单单
180	夜抄维摩诘经	/吴小虫
182	带刺的植物	/伍晓芳
184	在我的乡下	/小北
186	夜晚的樱花	/小书
188	冬阳下的梨子寨	/谢宜兴
190	入梦宛如一次远行	/熊焱

193	蒲公英:致传播学	/徐俊国
195	哑境	/徐晓
197	完美	/轩辕轼轲
199	我后面那个人	/颜梅玖
204	三十六古街	/杨碧薇
206	绿皮火车	/杨黎
208	"金沙,请听二十秒钟雨声"	
	——给际根、王方	/杨炼
211	观看一只鹰的标本	/杨森君
213	苹果内部 著/耶胡达·阿米亥	译/刘国鹏
217	老屋	/尤萍
219	一棵侧柏站在高原	/于坚
221	父亲	/余西
223	植物在春天举起义旗	/喻言
225	缓慢解冻的池塘	/袁永苹
227	换栅栏	/臧北
229	芹菜的琴	/臧棣
231	老虎与羚羊	/翟永明
235	喊	/张二棍
237	当故事被讲述	/张曙光
239	波斯菊	/张雪萌
241	梵高同题:春天的果园	/赵柏田
243	冬青树	/赵思运
245	我的手套丢了	/赵亚东
248	质问	/钟庸

250　上林湖　　　　　/ 宗仁发

第二辑　名家解读
如同在诗里鸣叫的螽斯

莫言新作选（七首）

　　255　聂鲁达的铜像

　　258　刺与爱

　　259　读你

　　259　海龟

　　260　傻子

　　261　尽头

　　262　嗅觉

莫言新诗六人谈

　　264　就莫言的诗歌新作扯几句闲话　　　/ 霍俊明

　　268　"特别"的诗，"寻常"的诗意
　　　　　——关于莫言新诗　　/ 王士强

　　271　小说家莫言的诗歌面孔　　/ 杨庆祥

　　272　诗也许可以止痛
　　　　　——读《莫言新作》　　/ 哨兵

　　277　诗句里常常埋伏着雷管
　　　　　——读莫言《聂鲁达的铜像》　　/ 徐俊国

　　279　从气味中解读世界的复杂性
　　　　　——读莫言《嗅觉》　　/ 李木马

第一辑　佳作赏析
千万只花魂飞舞的心跳

蝶翅:想起李叔同

/ 阿信

蝶翅打开:一个自由、斑斓的国度。
当它合拢:一座小小的精舍,一个宇宙。

(选自微信公号《诗眼睛》2021年12月16日)

评鉴与感悟

短短两行,以"化蝶"的意象,言说弘一法师的一生。弘一法师即李叔同(晚清至民国江南名士)。出家前,李叔同是富贵乡里的风流公子、闻名遐迩的艺术家,是世人称颂的教育先驱。出家后,他舍弃荣华,苦行持戒,成为一代高僧。半生红尘,半生佛门。这首诗以"赋比兴"手法,以"国度"与"精舍"两个相辅意象,表达了对这位名士先效力国家后自我修造业绩的敬仰之情。诗笔应验了作者精邃、高超的书写技艺。(蒋巨波)

长河与落日

/安琪

我们的目光不是钉子,不足以
把落日,钉在遥远的天幕上。谁的目光
也不是钉子,王维也不是
更何况长河在不出声地召唤,用着只有
落日才懂的语言,长河和落日是什么关系
为什么落日越靠近长河
脸越红
为什么长河也跟着脸红
我们纷纷拿起手机,只能这样了
把落日装进手机
把长河装进手机
把落日与长河的亲密关系,装进手机
我们不是王维
不能用一首诗把落日装进
把长河装进,把落日与长河的亲密关系
装进。我们不是王维
没有孤独地行进在西行路上

也没有一群守卫边疆的士兵等我们慰问

我们从天上来

来此乌海，寻找王维的长河，寻找

王维的落日，寻找王维的

长河落日圆

烽火台正在修补

烽烟无法修补所以我们看不到孤烟直直上升

我们被冀晓青领着来到乌海湖畔

乌海湖是截黄河之水而成因此乌海湖也是黄河

黄河也是长河

我们就在乌海湖畔看王维的落日如何落进

王维的长河，因为《使至塞上》

唐开元二十五年

亦即公元737年春天某日的那枚落日

一直悬挂在乌海湖上

至今不曾落下。

（选自中国诗歌网"中国好诗"2021年第105期）

评鉴与感悟

"长河和落日是什么关系"？安琪的《长河与落日》以"看"为纽带，在"我们"（读者）与王维（作者）、古典与当代、传统与新诗写作之间建立起"亲密关系"。诗歌从"我们"的目光开始，逐渐扩散开来，由看及思，思绪自然流淌，带出存在之问。"为什么落日越靠近长河/脸越红/为什么长河也跟着脸红"两句，仿佛从天上来，意外地降落到诗歌当中。（杨碧薇）

难过

/ 安然

我为鹰的突然坠落而难过
我为风的暴戾而难过
我为长白山上负伤的母鹿而难过
我为村落的枯槁而难过
我为晨光中正在接受消融的雪而难过

我也为自己难过
长久以来，我从未获得先人的锋芒与理想

（选自《民族文学》2021年第8期）

评鉴与感悟

悲悯与真诚，是诗人最重要的东西。有时候，摒弃技巧，绕开所谓的深度，却恰恰可以直入人心，这首短诗就在举重若轻中达成了这种效果。是的，勇敢的、抽象的、善良的、纯洁的事物，往往更容易受到伤害与玷污，诗人无能为力的愧疚，其实正是对美的感同身受和休戚与共的守望，有时候，诗人心中淡淡的悲伤也是一种强大的爱的力量。（李木马）

契诃夫的童年

/ 柏桦

> 契诃夫,你相信这句话吗?
> "爱是我们贫贱的一个标志。"
> ——题记

我的童年是从冬天
冷得发抖的黄昏开始的
当然也包括夏日的寂寥
和成千上万飞来的苍蝇
以及爸爸打过来的拳头、
耳光与皮鞭……
"我小时候没有童年生活……"
(契诃夫语)除了学校,
就在爸爸开的杂货铺里干活。
铺子里的东西真是应有尽有啊
(气味乱串,糖有煤油味、
咖啡有青鱼味、米有蜡烛味)
鞋油、草鞋、鲱鱼;

雪茄、笤帚、火柴；
甜饼、果冻、茶叶；
面粉、樟脑、香烟；
橄榄油、葡萄干、捕鼠器……
还没有完：通心粉、伏特加、
喀山肥皂；对了，还有药，
譬如治热病的"七兄弟血"，
病者一般爱就着白酒喝；
"喜鹊草"名字好听、无杀气，
也治热病，也拌白酒喝。
"那么'巢房'呢？"契诃夫问，
（他对这种水银、石油和硝酸
合在一起的"毒"药很迷惑）
爸爸说："等你长大了，自然会知道。"
为什么"阿里亚克林斯基膏药"
却少人问津呢？契诃夫继续想……
但有一次，一个警官不付钱
就拿走一盒。他说要治
他猎狗的疥疮。一周后，
在沸腾凌乱的集市上，
小契诃夫目睹了两句对话——
爸爸以讨好的声调问：
"您的那条狗怎么样了？
贴了膏药好了吗？"
"死了，"警官阴沉地说
"它肚子里长了蛆……"

（选自《江南诗》2021年第3期）

评鉴与感悟

"我小时候没有童年生活",当这句核心陈述出现时,先后揭示了契诃夫的童年处于成人(父亲)及成人生活材料的双重挤压之中的那种灰暗状态。"干活"(无休止干活)一词,是对童年生活的一种超常塑造。柏桦对物质的罗列及在罗列中下沉,构成了他特有的叙事风格,往事,旧物,堆叠,朽坏,平行,下沉,对话,这样的场景既幽暗、紊乱,同时又充满了纠结的诗意。最为纠结的是"药"的出现,这本是多么令人迷恋的一件事,但是警官来了。警官的出现,粗暴地切断了童年契诃夫的联想与探索,同时也切断了好不容易在对抗父亲中积累起来的物质间相互纠结、弥散的诗意。父亲原本是童年契诃夫的阴影,而警官又是父亲的阴影。当真正无理(比父亲无理百倍)的警官出现后,他终于明白了父亲的痛揍是与贫贱共同完成的非常父爱。在阴影与丰富的物质及关于"药"的联想之间,构筑出残酷叙事诗意;同时又仿佛一台微型剧,充满了一种结构意味。(马叙)

大风

/ 曹兵

我和母亲收拾着院子里零散的
东西，用大片的蓝色塑料布
把草垛包裹得严严实实
每个春天，都会重复这样的
事情，在一场大风刮来之前
短暂的平静里，我们忙碌着
直到风开始刮了，我们丢下手中活
关好门窗，在屋子里
静静坐着，等大风过后的
暴雨。那种平静，让人心安
在无数次生活的变故中，我们
练习着未雨绸缪，等命运的
重锤落下时，平静接受
无形之手递来的结果
就算一场大风，也能让我们如临大敌
仿佛微澜生活，一颗小石子激起的
水花，也要严肃对待

是什么，让我们如此谨小慎微？
是大风，还是这毛刺般的生活？

(选自中国诗歌网"中国好诗"2021年第107期)

评鉴与感悟

我十分欣赏《大风》，不仅是他对细节的精准把握和模拟，更看重的是他的追问。"是什么，让我们如此谨小慎微"，这是一个没有被生活困苦所麻痹的清醒者的呐喊，是一个不甘被生活重负所捆绑的觉悟者的抗议和反驳，这样有力度和思想性的诗，正是我们所需求的。他有大情怀、大格局，他不在小格局、小情怀、小情调里踱步，这是我们该倡导的。（李云）

磁铁

/草树

我在一个敞口小铁盘背面
慢慢移动着一块磁铁
盘里混乱的铁屑
多么神奇,像蚂蚁列队
像春天草地上纷纷长出新叶

药店的球状山莓朝着落雪闪光①
门口磅秤的砝码底下有一块磁铁
我望着那个提着大袋药材离去的背影
我想象着那块磁铁像一个倒悬梁上的贼

(选自《诗刊》2021年7月号)

---

① 出自奥西普·曼德尔施塔姆的《1924年1月1日》。

评鉴与感悟

《磁铁》的篇幅很短，分成两节，只有九行，却写得惊心动魄，寓意深厚。用这么透明的诗歌材料，着墨也不是很多，却将我们熟悉的题材挖掘得如此有新意，如此富于回味，没有高超的技艺，是干不成这件事的。美国批评家韦恩·布斯在《小说修辞学》中提出过一个重要的观点：对现代文学来说，技巧就是观点。也就是说，和大多数人想当然的相反，文学的技艺不仅仅体现在措辞层面，它更是作者运用观点的产物。从文学效果看，《磁铁》中技巧的运用，可以说是非常出色的。首先，就是它在诗的结构上体现出来的简洁。这种简洁不只表现在叙事的简练上，更反映在诗人对诗的场面的剪辑和取舍方面。从物象的选取上，将一首涉及多种寓意的诗，不加修饰地取名为"磁铁"，这一命名行为里就体现出一种简洁的观念：对事物具体性的高度信任。我们都知道，意象派诗歌，从英国诗人休姆开始，到美国诗人庞德，他们对现代诗最深刻的审美信念就是，现代诗一定要生硬地触及"事物"。"磁铁"，这一物象，就很符合现代诗的意象标准：天然就具有一种客观的成分，中性美，却蕴含着一种现代的质感。诗的第一节，呈现的画面可以说是深谋远虑。看似普通的场景，"我"，充满好奇地，满怀着乐趣，沉浸于对磁铁神奇的物理特性的观摩。这个场景，几乎像一个突然转切进来的画面，很孤立，也很突兀。虽然它本身交代得也很完整，但如果没有下一节诗的场景来呼应的话，它几乎就是废品。所以，这几乎是一步险棋。只有读者读完第二节的最后一个字，才有可能猛然领悟到诗人的深意，并转为由衷的赞叹。第二节中，磁铁的现实用途相对于上一节，发生了根本性的逆转。第一节里，磁铁的神奇本领是，将纷乱的铁屑整理成一种堪称蚂蚁列队的秩序感。它的视觉性，不仅让人感觉奇妙，也带来内心的愉悦。但在第二节里，磁铁被悄悄放置于公平秤下面，神奇的功能被人心的败坏用于最险恶的欺诈。这里，不得不提到"药店"这一意象的选用。药店，本来是治疗人的疾病的一个环节，它几乎天然具有一种伦理色彩。通常的社会习俗中，人们对药店也有一种基本的信任感。但就是在这里，在本该最能体现伦理的干净的地方，却被麻木的良心不干不净地做了手脚。所以，在"一个倒悬梁上的贼"这一短语中，读者不难读出诗人内心的愤恨。

诗的主题包含着尖锐的社会观察，也鲜明地指向了对现实中某些丑恶的揭露，但通观全诗，读者却找不到一句慷慨激昂的说辞。那么，这首诗的批判性意图用现在这样的方式呈现，能达到效果吗？按我的阅读观感，恰恰是由于诗人草树很好地隐藏了诗人的面具，而不是跳到诗的见证中指手画脚；就采用目前这样的语言排列，这首诗对现实生活的洞察才格外引发人们的思索。本诗中，以"我"为主场的画面，和以"药店"为主场的画面的赫然并置，实际上取得了一种对峙的效果。这场诗歌场景的并置，某种意义上，可谓是深得庞德所倡导的必要时可粗暴并置意象这一观念的精髓。从效果上，它施行得既大胆，又不失于贴切。更重要的，通过场景的大幅跳跃，这样的并置产生了一种独特的直观性。读者只需怀有基本的是非态度，就能体悟到诗人的深意。（臧棣）

忆风骨

/ 车延高

月亮一直平静，抹不抹粉
脸上，都有唐朝留下的雀斑
新编的花儿不会幽咽
夜来的捣衣声彻夜，还是让一个离人心酸
西出阳关，不知天高地厚的诗人醉着
花间一壶酒独酌，品着酒泉的孤单
大青山下一匹白马，缰绳上拴根古道
英雄把美人爱过了，半壁江山就是跋涉的盘缠
大雁塔前忆风骨，多少回梦碎
抬望眼，人在西安，心去了长安

(选自微信公号《特别关注》"周三诗荟"2021年3月3日)

评鉴与感悟

风骨是中国文论的基本概念和术语，实质是对文学作品内容与形式的美学要求，指刚健遒劲的格调，也用于指人的个性与品格。

诗人"人在西安"，站在当下，"心去了长安"，怀念古代特别是唐宋诗文里的"风骨"，驰骋想象的翅膀，化用经典的诗句，构筑自己的诗意世界，让读者感叹不已。月亮，是唐诗中的常见意象，那些"雀斑"特色鲜明，承载着诗人们的情怀与品性。

"长安一片月，万户捣衣声"，离人远征，不忍弃家，思妇的心思全在捣衣声里。——这是唐诗的意境。"西出阳关"，故人雅聚，一醉方休。——这是诗人的品性。"花间一壶酒"，一人"独酌"，品味孤单的滋味。——这是诗人的浪漫。青山跃白马，缰绳拴古道。——这是唐诗的雄浑。英雄爱得美人归，半壁江山作盘缠。——这是唐人的情怀。

因为崇尚，所以怀念；因为痴迷，所以"梦碎"。诗人抚今思昔，魂牵梦萦，人站在大雁塔下，心早已在"长安"的记忆当中流连忘返，唐代留下的那些"风骨"真是让人沉醉、让人着迷。

诗人为何要"忆风骨"？恐怕是对今人和时文缺乏个性、难见"风骨"的一种警惕与提醒。

当前一些诗人消极遁世，漠视大众生存境况，视野被自我所遮蔽，一些诗歌人文精神萎靡匮乏，精神迷离，价值混乱，这必然会导致大众精神的贫乏和诗歌精神的消解。

而诗人车延高关注现实生活、关注精神世界，以严肃的创作态度和浓郁的人文情怀观照社会，呈现出诸多精美的诗歌文本，得到广大读者的尊重与喜爱。（李汉超）

中年之雪(其十三)

/辰水

更多的雪只是虚妄,在一张纸上
它传递着透心的冷
大雪日,只有雪花是真的
却难以辨别一枚与
另一枚,它们针状的区别与骄傲

太尖锐了,多亦是一种孤独
在重复之中,雪的混纺
于草木,于建筑之上

作为居民与尘埃,在县城
雪变脏得更快些
一个小区的中年命运,被拆迁
余下的藏在大雪之下

我疾步前行,零星的残雪落在肩上
看不见友人,天地之间

白茫茫
我有着一个县城的孤独

(选自民刊《诗龙门》2021年秋卷)

评鉴与感悟

人到中年，身心都处在人生的十字路口，困顿、迷茫，情理之中。以雪喻中年心境，更多是想表明自己脱俗的立场和境界。雪拒绝肮脏，即便被污浊沾染，融化后，也会以虚无去对抗污点。尾句"有着一个县城的孤独"，难觅知音的惆怅。如果雪落在头顶，成为毛发之雪，也许就是老年的沧桑。这首诗是长诗的一节，我之所以单独拎出来赏析，是因为我有着和诗人一样的心绪。孤独，并不是没有人交往，而是在茫茫人海找不到可以共语话人生之人，所谓高处不胜寒，其实低处的孤独，其寒凉之意未必比高处少。中年之雪，更像是雪的寓言折射心底的感慨。（周维强）

存在与时间

/陈巨飞

我有一只闹钟,它拒绝走动;
我有一颗核桃,它还年轻。

八岁时我参加过葬礼,
热闹的气氛
让我也想跟着死一次。
我的穷亲戚,死时,
手里紧握一个废弃的钟摆。

她种过青菜的手,
现在攥着自己的时间。
她皱巴巴的核桃一样的脸,
是不再走动的钟表。

(选自《江南诗》2021年第3期)

评鉴与感悟

阅读必须击破隐喻层。当闹钟、时间、意识三位一体地出现在存在空间时,它所呈现停摆的那一刻是一次童年所经历的葬礼记忆,时间像人一样死去,这是死者的时空,生命即存在,活着的苦难、生存的平静,构筑起属于自己的时间,当生命消失,时间("自己的时间")亦死去。而活着的人,所经历的人世经验,同样经不起逼视,哪怕还年轻。一只拒绝走动的闹钟,拒绝即逼视,而返回曾经的时间现场,回忆那场葬礼,是停摆的钟表废弃了时间,是死者废弃了这个世界。在这个意义上,个体即对抗,废弃即存在。(马叙)

娘总在黄昏时分喊我

/ 陈亮

肯定是黄昏，日头大，且圆，
土地庙老，娘矮，扶烧火棍，
手搭凉棚，嘴干裂，腔长——
此时，炊烟渐稀，锄玉米者回，
卖豆腐者回，筑屋者回，
醉若泥水者，亦回。
天如杀过的肥猪，由红开始铁青。
娘的心生了火，腔含烟。
腔调，顺着藤茎传过来开成牵牛花。
此时，我正在墨河边的梦里摸鱼，
捉蚂蚱，网蝴蝶，或粘知了。
而老黄牛兀自吃饱，声若洪钟，眼若铜铃。
我怎么就睡着了呢？
弹弓丢失，脸上印满蝴蝶，
蚂蚱和麻雀，发若张飞。
我怎么就睡着了？大石头很暖和，
像极了娘，而娘，还在喊我，

娘：核桃裂开，腔如猫抓，
从电话里，骤伸出手将我抓醒。
醒来：灯红，酒绿。我知道
已经回不去了！但娘，还在喊——

(选自《猛犸象诗刊》2021年12月4日)

评鉴与感悟

　　陈亮的诗有一种朴素的沉静在诗行里含藏。他好像一直很小心，怕打碎现实的静寂，怕惊扰了谁，甚至怕惊扰了喧嚣，这就让他的诗有了脱俗的素质和隐忍的气质。

　　《娘总在黄昏时分喊我》这首诗，很能代表他。

　　这首诗，表面上看，写了两部分的内容：梦里和梦外。在梦里，诗人了用大面积的笔墨来描绘家乡、乡愁，描绘那些好像忽然就齐聚在诗人铺开的一张纸上挥之不去的群像；而梦外，他现在的生活，却用了少少许的笔墨。这也在佐证着他内敛的气质，真的不想打扰谁，只想在梦里面多说一些，说给自己听。且看看，在梦里他都描绘了什么？描绘娘——

　　　　肯定是黄昏，日头大，且圆，
　　　　土地庙老，娘矮，扶烧火棍，
　　　　手搭凉棚，嘴干裂，腔长——

　　这是诗人已经年迈的亲娘在痴痴以望。诗人似乎在这里画了一幅水墨画，突出"日头"，全世界一样的日头，在他的笔下，有不一样的"大""且圆"；突出"娘"，用土地庙的"老"和娘的"矮"对比，生发出诗人对家乡的挚爱和心酸。接着，诗人又把画笔对准了"娘"。"扶烧火棍，手搭凉棚，嘴干裂，腔长——"写到这里，我们感觉诗人似乎已经哽咽，他内心里沉淤的深情在那个时刻喷涌而出，打湿了纸面。

这世上对人心最有力的击打，就是听到、写到和看到"娘"。
描绘人——那些老乡、那些亲人。你看——

此时，炊烟渐稀，锄玉米者回，
卖豆腐者回，筑屋者回，
醉若泥水者，亦回。

这极具画面感的描述，在反证着诗人乡村经验的丰富和熟练，同时，也在展示着家乡众生唯美的生活图景。四个"回"字，不仅仅是在画面和时间上的定格，那里更有无言的情愫、深切的依恋，诗人是在羡慕乡亲忙完农活"回"家的温暖。这四个"回"字拽住了诗人内心最柔软处的情线。
描绘娘腔——

天如杀过的肥猪，由红开始铁青。
娘的心生了火，腔含烟。
腔调，顺着藤茎传过来开成牵牛花。

"天如杀过的肥猪，由红开始铁青"的时候，娘开始了喊，是"含烟"，"顺着藤茎传过来开成牵牛花"的娘腔，那是诗人听到过的最美的娘腔，也是储存在内心深处黄金般的收藏。
描绘我——彼时的我——

此时，我正在墨河边的梦里摸鱼，
捉蚂蚱，网蝴蝶，或粘知了。
而老黄牛兀自吃饱，声若洪钟，眼若铜铃。

这是诗人在回溯青葱岁月的诸多顽劣，"摸鱼，捉蚂蚱，网蝴蝶，或粘知了"，诗人在骄傲地向我们展示一幅幅少年的影像，在不厌其烦地讲述一桩桩值得骄傲的过往。诗人在此疯玩，"而老黄牛兀自吃饱，声若洪钟，眼若铜铃"，老黄牛好像当诗人不存在，我在动，老黄牛静中有动，静动互动之间，一幅生动的牧牛图，跃然纸上。

　　沉浸在一场梦中太久，诗人也累了，他用两个"我怎么就睡着了？"来追问自己，让自己快快醒来。"弹弓丢失，脸上印满蝴蝶，蚂蚱和麻雀，发若张飞"，这是我吗？睡在"大石头"上，觉得"很暖和，像极了娘"，这是我吗？

　　诗人在追问中表达着没有听到娘腔的懊恼、自责和悔恨。

　　可谓不惜笔墨，诗人做了大量的描绘、描写和描摹，为诗意的最后达成做着准备、推动和整理。这梦好像有点长，有点沉。

　　娘：核桃裂开，腔如猫抓，
　　从电话里，骤伸出手将我抓醒。
　　醒来：灯红，酒绿。我知道
　　已经回不去了！但娘，还在喊——

　　诗人醒来了，来到了精心设计的梦外。同时，诗人用"醒来"告诉我们，他是沉浸在一个梦里，一个艰涩、多趣和冗长的梦里。他应该醒来，他听到了母亲沙哑的喊、深情的喊、一直没有停下来的喊，"核桃裂开，腔如猫抓"，多挠心的喊啊。诗人真的醒来了，他告诉我们，是娘"从电话里，骤伸出手将我抓醒"。

　　"灯红，酒绿""从电话里"，这两处信息透露出诗人的位置，是城市。一个离开乡村来到城市的游子，在一首诗里道说乡愁，说想家的时候。

　　"已经回不去了！但娘，还在喊——"这最后的诗意，是悲情的，也是决绝的。在城市文明的拥抱中，诗人的无助、无奈和无力感，只能在梦中一次次祭奠。

　　诗人听到了娘的一声喊，那是跨越千山万水的喊，是他的一滴泪；

　　诗人听到了娘的另一声喊，那是在城市喧嚣中逐渐清晰起来的喊，是他的另一滴泪。（三姑石）

最后一课

/陈先发

那时的春天稠密,难以搅动,野油菜花
翻山越岭。蜜蜂嗡嗡的甜,挂在明亮的视觉里
一十三省孤独的小水电站,都在发电。而她
依然没来。你抱着村部黑色的摇把电话
嘴唇发紫,簌簌直抖。你现在的样子
比五十年代要瘦削得多了。仍旧是蓝卡基布中山装
梳分头,浓眉上落着粉笔灰
要在日落前为病中的女孩补上最后一课。
你夹着纸伞,穿过春末寂静的田埂,作为
一个逝去多年的人,你身子很轻,泥泞不会溅上裤脚

(选自微信公号《诗眼睛》2021年12月16日)

评鉴与感悟

陈先发诗歌创作大致可分为三个阶段,早期20世纪80年代末90年代初,诗风倾向纯粹的抒情,中后期由线性抒情产生的变化,语言开始显示陌生化,抒情也更隐含,更收敛,跳跃性更明显,刻意去拓展诗意空间上的多义。

他诗中常有不说,或者言他而说,追求复杂性诗写的有效性,不是去贴近叙事,而是制造繁复的氛围。

这首诗讲一个老教师在风雨天,为生病的孩子去补课的故事。把这个故事放到一个很大的空间,竟联想了一十三省小水电站,这笔调令人惊叹!

"你夹着纸伞,穿过春末寂静的田埂,作为／一个逝去多年的人,你身子很轻,泥泞不会溅上裤脚",释放与收束的写作力之强,此处可见。(蒋巨波)

晚安人间

/ 代薇

你们
不配我卑微的期待
不配我高贵的谅解
不配我无情地深情
我热爱的伍迪·艾伦
他说,世上的人可以分成好人和坏人
"好人睡得踏实……
但坏人更会享受他们醒着的时间"
晚安,人间

(选自《猛犸象诗刊》2021年11月6日)

评鉴与感悟

代薇手里拿的不是大刀,也非长剑,她只是随身携带一把精巧的匕首,似随意向生活的肌体刺一下,就会有一首有血有肉、令人称奇的小诗出现。

她的诗，皆不繁复，单从读者的掌声中分析，她是犀利地击中了读者的柔软处。可以说，她的诗简约中孕育神奇，而那神奇之处，竟皆是发现之美。

《晚安人间》这首诗，在深夜不小心刺中了我，我不能不反复读，不反复读，我就无法入睡。

你们
不配我卑微的期待
不配我高贵的谅解
不配我无情地深情

诗人似于午夜高喊一声，声音里飞出尖锐的箭头。一声控诉你们，竟然与我卑微的期待不配，你们有多不高尚；二声控诉你们，竟然与我高贵的谅解不配，你们有多么可鄙；三声控诉你们，竟然与我无情地深情不配，你们有多么可恨。

三声控诉，声声声嘶以致力竭。这让我想起鲁迅之"哀其不幸，怒其不争"，也让我深味，有趣的灵魂何其相似乃尔。他们执起的不是道德的大棒，而是对灵魂的真切唤醒。他们多么希望"苟活者在淡红的血色中，会依稀看见微茫的希望"。

诗人笔锋一转——我热爱的伍迪·艾伦。这里的"热爱"与上文三个"不配"形成强烈的对立与反差，又因此与上文紧紧相连，形成须臾不分的紧凑与紧密，让读者在语境的收紧中，感受到诗人的独到用心。

诗人热爱伍迪·艾伦什么呢？
间接引用伍迪·艾伦的话——
他说，世上的人可以分成好人和坏人。
而这儿，不足以逼出诗意来，只是诗人构建诗意的延伸或缓坡。
不再蓄谋什么了，诗人直接引用伍迪·艾伦的话——

好人睡得踏实……
但坏人更会享受他们醒着的时间

因此，诗人要的诗意顺其自然地来到了。她好像让即将安睡的心，经历了一次震荡，使读者不由自主地实现自我观照与反省。

这首诗的高妙在于诗人机巧地植入别人的材料来构建一首诗，正如我们用自己发现的好木料搭建房屋一样。

从这个层面上讲，代薇是一个高超的设计师，又是一个神奇的建筑师，她的匠心独具，她的风景怡人。

写到这里，我也想说——

晚安，人间。（三姑石）

极乐变

/ 戴潍娜

他来时,头顶覆满了槐花
碎得很好看
噫,这一夜风好犟
别离的话,是小鸟啄走的苍耳

领口的樱花,在说不忠诚的话
一心只爱飓风的姑娘
舔欲坠的火苗。极乐中

撒下悲伤,一茶匙盐
炙烤他,烘焙他
为了美可在人间下咽
苦闷,不可抗拒的吻

山风摇开了栗子的缄口

少年之心，芬芳可嗅

（选自《诗刊》2021年8月号）

评鉴与感悟

诗人，特别是女诗人，其精神心理或多或少会有点独特，和普通人相比，与俗世的融合存在着更多的"隔的距离"。这也意味着她们更敏感，更能把握未来的脉搏。可事实并非如此，总的来讲，当代女性诗人群体大多停留在传统意识的语境里，并没有完成引领社会思潮的任务。但戴潍娜却非常特殊，她健康、阳光，无论是她的心智还是其他各个方面，都有着相当的高度。在我个人的看法里，如果说竹君有着南方的纯阴体质，戴潍娜则体现一种北方的极阳体质。这首《极乐变》，内容是知识分子喜欢的情爱题材，但重点是"一心只爱飓风的姑娘/舔欲坠的火苗"。可以说，在戴潍娜的诗里，女性是把控者、主导者，她的精神强度、灵魂力量让我觉得这才适合我们的前进。（潘维）

喜马拉雅山

/灯灯

和我交谈的鹰,带着雪的光芒
俯冲向下,阿布说
我们是有福的,看见雪山上日出
是有福的
有一刻我确信喜马拉雅山上
住着神灵
就在我看见,与未见之间
而和我交谈的鹰
继续
俯冲直下,向着比雪山更苍茫的人世——

一位尼泊尔男孩,他和我不同
他和我,我身上的
尘土不同啊——

清澈的眼神:住满了雪山、湖泊、太阳
以及我

……前所未有的宁静。

(选自《江南诗》2021年第1期)

评鉴与感悟

这首诗可以划分为前后两个部分,从"比雪山更苍茫的人世——"后面切开。前半部分写"鹰",后半部分写"一位尼泊尔男孩",它们都是"喜马拉雅山"的化身或提喻。

诗始于一只鹰"俯冲向下"的动作。当诗人写到"阿布说/我们是有福的,看见雪山上日出/是有福的"时,好像这只"和我交谈的鹰"与"阿布"发生了重叠。由于"俯冲向下"的动作伴随着交谈的进程,我们也可以说,正是在鹰的俯冲所打开的视野中,我才能看清这座山,并相信它上面有神灵。

后半部分出现的"尼泊尔男孩",是"山"的又一次变形。诗从宏大视角出发,收缩为具体事物:整个喜马拉雅山浓缩成一个"男孩",再浓缩成身上细小的"尘土"和清澈的"眼神"。但后面又紧接着一个放大的运动:在"眼神"之中,包含着雪山、湖泊、太阳等辽阔、庞大的事物。这就将宏大之物收缩为具体事物,又从具体事物重新升华为浩瀚的神性。

在收和放之间,诗还营造出了动和静的对照关系。前面是"鹰"的飞翔,后面是"男孩"的沉默;前面是动态的"俯冲",后面是眼神中的"宁静"。一座神山,就在这样的对照结构中显身。(一行)

铸钟人

/ 杜涯

黄昏已浩大地降临
铸钟人坐在地层中劳作
他要铸造一口钟
用地层中的铜、铁,用矿脉

他要铸造一口钟
并在黄昏里撞响它
他要用钟声告诉人们:
人类的夜晚将要来临

他知道黑夜里,人们会失去方向
他要用钟声为他们引路
消除恐惧,聚拢他们散失的心
钟声安慰也如黑夜里神对他们安慰

铸钟人其实是人类的一个祖先
他坐在地层中已经多年

他见过人类的黎明、早晨
那充满希望的时间已多么遥远

他有时会来到地面,看到人类
是如何快速地向终点走去,犹如盲目
他回到地层,继续铸钟:黄昏已至
人类的夜晚将要来临

在我们生存的地下,一口巨大的钟
正在铸成,沉厚、庄重如铜
某个黄昏,我们会凛然听见
那终会响起的旷远肃穆的钟声

(选自《诗刊》2021年3月号)

评鉴与感悟

杜涯笔下的铸钟人是一位劳作者,他坐在地层中,用铜、铁和矿脉为人类铸造一口大钟;铸钟人也是一位撞钟人,他要亲手撞响自己铸造的大钟,"用钟声告诉人们:/人类的夜晚将要来临";铸钟人更是一位预言者和引路者,因为看到人类"是如何快速地向终点走去,犹如盲目",他担心人们在黑夜里会失去方向,"他要用钟声为他们引路/消除恐惧,聚拢他们散失的心"。诗人还特别地告诉读者,"铸钟人其实是人类的一个祖先",他为人类的命运感到忧虑,"他见过人类的黎明、早晨/那充满希望的时间已多么遥远",他要用尽全力铸造一口大钟,在"黄昏已至"时撞响,让人类重新看到希望。从诗中的表达来看,这个祖先实际上是人类祖先的集合体,大概也可以理解为人类的某种传统或文化。

这是一首用"大词"写成的诗,很容易流于空泛,诗人却是从小处着眼,把铸钟人凝缩为一个具体的形象,在想象空间里赋予这一形象以某种具象化的生活实感,把"大词"落实到读者可以感知的范围内。从另一面来看，实际上铸钟人也隐藏在我们自己的生活中，他虽是沉默的，却又时刻保持着清醒。诗中的铸钟人"坐在地层中劳作"，但他有时也会来到地面上，他的隐与显都具有特别的象征意义。

此诗的主题既大，却不是诗人直接道出来的，而是具有很强的形象感，是通过铸钟人"显现"出来的。这是一首庄严肃正的诗，格调沉郁凝重，也是一首充满警醒意味的诗，让人类清醒于自己的真实处境，在钟声的召唤下趋赴健全的生存状态。（吴投文）

中年定义

/ 朵而

夏天购买的墓地
离大路还有一段距离,冬天榆树齐刷刷站在道两侧
谈论死亡,它们是哑巴

我们的财富、容貌、食物……

就像眼前被无数次敲击的键盘
中年,终于形成一副半散骨架
当脚踝套进一个容器,打字机
给出冰冷的钙流失标签

爱人,关于恩典的定义就这样下了
在一块冰冻雪糕粘连的牙齿里
也在一层锡箔纸紧紧揣住的火苗里

这容易碎去,又让你看明白的一切

此刻有人唱到恩惠，真切又遥远
作为女性，我似乎爱过那些清澈脸庞、声音独特的人
他们漂亮、得体

有罪的人闭上眼，等待赦免

（选自诗歌分享群"装甲部队"2021年12月28日）

评鉴与感悟

朵而是向美而生的时间之持有者，她对缤纷世相的绽放与凋谢，比一般女诗人多出一份追忆似水流年的清醒和沉痛。喝咖啡，吃雪糕，一个人看电影，星月夜敲击键盘，思考爱的定义，听歌，像购买新衣服一样购买墓地……她好像在为"活过、爱过、写过"积累美丽的证据。她有一颗倒过来像火焰的阿波利奈尔之心，却在情到深处人孤独时，以诗的方式，选取了叶芝冷眼看生死、策马向前的骑士姿态。

与其说这是一首写给人生暮晚的中年之诗，毋宁说它更像静陈于纸上的"半散骨架"，提醒每一个人深度思考："我们的财富、容貌、食物"，"冰冷的钙流失"，锡箔纸揞住的火苗，生存与镣铐，爱与恩典，罪与赦免，宽容与救赎，云淡风轻与生命不能承受之重。朵而在"一切的峰顶沉静"抵达之前，就如三十四岁的歌德在伊门脑林巅一间猎屋的墙上写下"等着罢：俄顷，你也要安静"，她提前写下了属于她自己的流浪者之歌。不知多年后的朵而，重读自己这首灵魂觉醒之诗，是否会像八十二岁的老歌德那样，潸然泪下。（徐俊国）

这是一个什么样的时刻

/ 朵渔

这是一个爱与恨一起复活的时刻
这是一个晨曦与日落共时的时辰
这是你和爱人收拾行囊重返故乡的时刻
这是燕子回巢,而鹰隼在暮色中久久盘旋的时刻
这是玫瑰被暴力摧毁,而万物如春天般重临的时刻
这是,啊,这是一个一切都坠入时间的底部
而上升的一切如创世纪般光辉重临的时刻
在这迷人的、悲欣交集的时刻,你怎可缺席
在这密集的人群里,你怎能越走越空旷
难道只有在离开众人时才感到安全?
时代的噪音已化作钟声在我们内部鸣响
一个新的起点已从失败中生成,我们要等待的
未知,要去往的应许之地,要成为的新人
已经临近了,就在这严重的时刻……

(选自中国诗歌网"中国好诗"2021年第99期)

评鉴与感悟

《这是一个什么样的时刻》也在面对某个"时刻"。时间,按照圣奥古斯丁的说法,无法测量,越思想时间是什么你就越不知道它是什么,时间其实永远只有"现在",过去的已经过去了,只能是记忆;未来尚未到来,只能是期待;能在经验中把握的,只有现在。所以奥古斯丁说"过去—现在—未来"的划分是勉为其难的说法,也许我们说"过去的现在—现在的现在—未来的现在"更好一些。诗如何抓住"现在",这是极不容易的。作者的这个"时刻"如里尔克所言的那个"严重的时刻",因为它关乎"复活"与"成为新人",这与救赎有关。诗人努力在意象化的语言中呈现这一时刻,"时刻"得到了某种形象;不仅如此,语言的往复的节奏、语气的宣告与诘问、意象上的密集呈现,也将诗人情感上的激动与震颤传达出来。(荣光启)

橘子

/ 高鹤唳

我是春天里出生的绿皮野兽
在秋夜里悄悄吞下十瓣月亮

（选自微信公号《诗眼睛》 2021年12月13日）

评鉴与感悟

  这首诗特别在于它对惯常意象和逻辑的快速反转。类型方面，看题目，我们以为它会向"咏物诗"方向发展，但它却迅速以果断的语气转入独白体的戏剧高调。在审美张力方面，诗人巧妙地借用了植物和动物之间的角色转换所可能引发的奇异的感受，将温柔可爱的植物"橘子"表白成一头"绿色野兽"。这逻辑的背后，是静态的果实对人们习惯性认知的一种反抗，它犹如一种训诫：请不要被表象误导，而要从表面的观感中汲取新的意识的突破。"十瓣月亮"的意象也很出人意表。那个动词"吞下"也用得准确有力，它几乎是重演了人们在吃掉橘子时所忽略的一个场面。（臧棣）

猫头鹰

/ 龚学敏

叼着村子的睡眠逃逸的声音,
在核桃树上撒网。

与村子永别的人,
用水掩盖说话的庄稼,
和笨拙的空气,
像是走在活着的人的脊梁上,
时间一紧,
叫声的网便是整个
扶不起来的大地。

提着灯割草的猫头鹰,
把密码缝在风走投无路的地里,
水要重生,
村里的人,和我读过的书,
在此发芽。

仅存的抚慰是找水的灯笼，
提醒已经过往的人名。

鼠辈太多，
警惕的扁担被拖拉机刀一样
拦腰折断。

村子放飞的黑风筝，
像是压住梦魇的一方黑印，
想盖时，
已经没有人心的白纸了。

（选自微信公号《诗眼睛》 2021年12月31日）

评鉴与感悟

初读这首诗，感觉自己一头撞到了墙上。这是一堵由意象堆砌的诗歌之墙。个人认为，如果某位诗人的诗歌不能进入人民心中，也便进入不了历史，也便会"没入时间幽暗的沼泽"。当海子在人民群众中沉淀下来后也只剩一首《面朝大海，春暖花开》。街头巷尾的书店，几十年的时间里也只有泰戈尔的诗集最受欢迎。

再回到诗歌，"水"这个意象反复出现，确实让人一头雾水。"水"可能是个核心意象，譬如海子诗歌里就有"太阳"这个核心意象。在这首诗里，"水"可能指"死亡"，当然只是猜测，密码只有诗人自己能破译。这首诗是借猫头鹰来说"鼠辈"，最后的指向是"村子里的人心都黑了"这样一个主题。再细致读完这首诗，不得不佩服诗人的意象运用能力和语言组织能力，整首诗几乎都是在运用形象思维说话。在一首诗里大量运用意象而又写得有生气，需要敏捷的思维和丰富的生活阅历及一颗敏感而又包容之心。这只有极少数人能办到，也需要语言天赋，譬如海子。也许诗人如此写诗是想努力营造一种陌生化效果，其实陌生化有理性逻辑的织造和心灵境界的营造。理性逻辑的织造就是打破一些生活常识或日常语言逻辑，而心灵境界的营造也只有圣人能做到，像老子、庄子。所以，境界里的陌生化才是真正的陌生化，是经得起历史检验的，因为这就是回到世界的初始状态，"未始有物"的状态，是亚当第一次看世界的眼光。人与物是一体的，不起分别心。所以新诗是大有可为的，而诗人要修炼得道却是很难的。所以谁是伟大诗人还得看心灵境界，先有伟大的人格然后才会有伟大的诗歌。古今中外很多杰出诗人、杰出哲学家都窒息在理性的牛角尖里，而没能走向广阔的心灵天空，是非常遗憾的。伟大、圆满的境界必得有苦修、苦难作为支撑，但一个人经历了苦修、苦难也未必有境界。从这个意义上讲，人类历史上还未出现过伟大诗人。泰戈尔算是挨到了边，这是与他继承印度苦修传统，而领悟到"梵我一体"分不开的。（马鲜红）

西部

/ 海湄

风吹着干打垒的房屋
骆驼低头走动,脚掌平稳而有力
放骆驼的老汉掉光了门牙
蹲在长城根下避风
反复讲述一些令人惊讶的往事
他蹲过的地方,以前蹲过别人
以后还会有人蹲在那里
他们,都会渐渐变成沙子
不断地交换位置

风吹着辽阔的西部
羊群低着头
慢慢向前移动,弓起脊背
盯着任何可以咀嚼的草或荆棘
它们拥挤着经过长城
顾不上看老汉们一眼

(选自中国诗歌网"中国好诗"2021年第105期)

评鉴与感悟

海湄的《西部》运用了视角转换的手法。在诗歌上半部分,"放骆驼的老汉"是诗人关注的重点;下半部分转而写羊群,"它们拥挤着经过长城/顾不上看老汉们一眼",看的主体转换,另一层诗意效果也随之显现。(杨碧薇)

天会亮的

/ 海男

我写出一首诗，是想让你知道，天会亮的
浑浊的河流中有泥沙，带来了上游的消息
坐在冰凉的石阶上，人世终有因果

我写出一首诗之前，小鸟们已跳过了树篱
栖居一夜之后，翅膀张开了。迷惘的星期天
只是叶片上的一个个小小的斑点

我写下一首诗，是因为身体像一个小宇宙
是因为我爱上了推石上山，这重复的游戏
是因为我站在半山腰，吻过了你

我写下一首诗，门就打开了，一串钥匙链
像小鸟碰到了铜栏，就像我从洗衣机拎出
衣物后，白色滚动的泡沫消失了

我写出一首诗，才发现天要下雨了

日历上写着芒种，我念叨着，几十里之外的
旷野，飞过的群鸟都会从身体中落下一根羽毛

（选自《诗刊》2021年9月号）

评鉴与感悟

当代的诗人中，海男的写作身份最为奇特。写小说的诗人，写诗的小说家，在她的文字生涯里交替出现。这种交替性也产生了一种很吸引人的修辞通融；两种不同类型的现代文体，通常很难平行于现代的审美风格，却对她的文学想象力都产生了深邃的影响，而且起到了有益的作用。她的小说，将更多隐秘的生存体验转化为对人生的深切观察；她的诗，则从她的叙事能力租借到一种强大的平衡能力，几乎强大到可以赋予任何瞬间的情感记忆以一种语言的结构。当代诗的习气中，很多人都已放弃了对语言结构的注重，这实际上等于降低了诗的赋形能力。所以，海男诗歌中对语言的结构性的关注，是非常可贵的。

海男的诗歌语言，几十年来，一直保持着超强的稳定性；至少在文辞的表面，显示了一种典雅的风格。缺少变化，通常意味着某种危险。因为按照某种诗歌文化的解读，缺少变化，意味着文学的自我重复。但伟大的纳博科夫，包括杰出的布鲁姆也都讲过：只有在天才身上会出现自我重复。如果海男的诗歌风格可以被解读为一种重复的话，那么至少在我看来，这种重复，这种超稳定的抒情风格背后，是一种强大的诗歌能力在发挥着主导作用。或者说，这种风格的稳定性的背后，海男诗歌中炫丽的感性，才是她的文学语言的精华所在。

海男的诗，最基本的文学动机源于一种自传性的改写。这首短诗《天会亮的》也不例外。她的诗歌感性接近于向善的精灵。换句话说，她对自传题材的处理，表面上看和现代诗界流行的"自白派"的时尚没什么特别的差异，但实际上却有很大的不同。她的抒情主体是包容的，生命的感觉不断走出自身的封闭性，与天地之间更高的灵性汇合。《天会亮的》的抒情轨迹也再一次验证了这种包容性。或许，这种生命的自我开放，还饱含着一种独特的自我治愈色彩。而诗歌文体

的平衡能力,又将这种诗的治愈功能巩固成了一种生命内在的自主。镇静地面对人生的创痛,并承受它的后果。

　　海男近期的诗,和她早期诗歌相比,其实已有了很大的飞越。《天会亮的》,更接近一个独立的生命个体的"自我之歌"。诗歌的姿态,我以为非常接近艾米莉·狄金森的风范。一种独具魅力的沉思性和歌唱性的融合,犹如伟大的祈祷诗的片段,却可以独立成章。(臧棣)

一匹马

/ 韩东

一匹马站在草原上,一动不动,
足有十分钟。
何以见得这是一匹马,
活的,像其他的马一样?

终于它动了一下,
我们放心地开车离开。

(选自微信公号《诗眼睛》 2021 年 11 月 27 日)

评鉴与感悟

喜欢这首诗有几年了,想说一下我的喜欢,与大家分享。韩东这首诗,实际上写了三匹马。

第一匹是现实主义的马。"一匹马站在草原上,一动不动,足有十分钟。"就是这样一匹马,与别的马没有什么不同。它在草原上站着,一动不动。我们可以想象它是白色的,与草的绿色形成一幅画,多美啊!当然,我们也可以想象它是红色的,或者是别的什么颜色。不管是什么颜色,它不过是在草原上实实在在存在着的一匹马,被诗人有意无意间看到。诗人看了足有十分钟,可以想见诗人的疑惑有多深重，他是在无言地表达着对这匹马在草原上一动不动的样子的怀疑。

第二匹是魔幻主义的马。"何以见得这是一匹马，活的，像其他的马一样？"诗人在不断地问自己，好像在确认这不是一匹马。一个十分钟一动不动的马，应该不是活的马，和其他现实主义的马一定不一样，是雕像，是幻影，或者只是长得像马的其他动物。或者诗人已经意识到，它只是像马的与人类有一样思想的另一类人。在短暂的时间里面，诗人在经历着思想的地震。而在那匹一动不动、足有十分钟的马的眼睛里，它是否也有和诗人同样的疑惑。不能不说，诗人的马，有些让我们惊骇了。

第三匹马是理想主义的马。马只是我们的理想。我不止一次在诗歌中看到一匹马，或者是一队马，它们站在那里，像站在一幅画里，它们咆哮着，像承载着我们的所有理想。诗人韩东的一匹马，应该是一匹理想主义的马，可它在我们眼前一动不动，足有十分钟，它是在蓄势，在观察，在准备一次仰天长啸？"终于它动了一下，我们放心地开车离开。"诗人真正离开了吗？我认为没有。诗人用十分钟的时间终于确认了这是一匹马。这种看似荒诞的疑惑与释然，我忽然感觉无比熟悉，因为，环绕我们身边的光怪陆离的种种世相，多像这一匹马啊，而我们又岂止只耗费了十分钟才能最终确认种种真相。在诗人已经铺开的纸上，他没有找到自由驰骋的办法，这似乎始终困扰着他，没有答案。（三姑石）

尺八

/ 胡弦

石头上行船到天竺,
针尖下种花又开过了小腹。
如果放不下仇恨,就去一趟阿拉伯;
如果放下了仇恨,就去古寺里做一只老狮子。
宿醉醒来,星空激越,
斟酒姑娘的手腕上,
有条刚刚用银子打好的大河。

(选自微信公号《诗眼睛》 2021年12月24日)

评鉴与感悟

  "尺八"是象征深意中的,诗人深谙某种语言情感脉络走向,在深层意象碰撞中不断填埋诗思。"尺八"实则是一种古代乐器,有空灵之美。胡弦的语言造境功力是非凡的,也是轻质和异质化处理的,"石头上行船"和"针尖下种花"具备极致语义中的情感思绪精细化,即诗人写出了一种发自肺腑的"空灵之音",这是语言的鼻息。

但是在静谧之后的复沓"仇恨"是重金属质的情感渗透，在诗人极力营造的寂寂无声中，又充满了奔突和挣脱的支配力量，在一动一静之间，内在的宣泄和骚动、沉潜和昂奋，诗人在冷抒情中不肯定也不否定，他着力寻找一种目标性的静观视角，灵魂和精神都是游荡的，"宿醉醒来，星空激越"，面对浩然世相和虚构世相的不动声色，诗人用蒙太奇的拼接、巧妙的场景转换完成了思想的撞击，意象的对撞和迅速切换是超验的，像在呼吸之间启发想象力去填补大幅度降落留下的空白，"用银子打好的大河"是具备精神共时价值取向的，诸如生与死，浮生未歇都是一瞬间的执念。胡弦是有着自我话语支配力量的诗人，对每一个词根的思想情感都拿捏得很准，"尺八"是以象征意识形态呈现的，诗人更在高度克制的隐忍中流露某种宽宥，豁达的处世智慧。（陈啊妮）

静水深流

/ 黄灿然

我认识一个人,他十九岁时深爱过、
在三个月里深爱过一个女人,
但那是一种不可能的爱,一种
一日天堂十日地狱的爱。从此
他浪迹天涯,在所到之处待上几个月
没有再爱过别的女人,因为她们
最多也只是可爱、可能爱的;
他不再有痛苦或烦恼,因为没有痛苦或烦恼
及得上他的地狱的十分之一,
他也不再有幸福或欢乐,追求或成就,因为没有什么
及得上他的天堂的十分之一,
唯有一片持续而低沉的悲伤
在他生命底下延伸,
像静水深流。
他觉得他这一生只活过三个月,
它像一个漩涡,而别的日子像开阔的水域
围绕着那漩涡流动,被那漩涡吞没。

他跟我说这个故事的时候，
是一个临时海员，在一个户外的酒吧。
我在想，多迷人的故事呵，
他一生只开了一个洞，不像别人，
不像我们，一生千疮百孔。

（选自微信公号《诗眼睛》 2021年10月12日）

评鉴与感悟

　　一大摊如水流一样被稀释的文字，由于最后六个字，突然酿成了酒。有时候铺垫确实可以很长，只要最后的袋口扎得紧。一大袋子的悲怆，现在你拎出重量了吧？（黄亚洲）

西部高原山顶的一个橘红色拉杆箱

/霍俊明

箱子的金属拉杆正在闪亮
箱体是橘红色的
主人不在旁边
可以推断
那是一个年轻的女孩或女人

这是西部高原的正午
山顶唯一的平坦之处
再向前
是成片的雪松和冷杉
再向前是大河拦路

箱子的主人留下太多的空白
去了哪里
可能留恋于拍照
也可能在附近灌木解决个人事情
也可能……

谁也不知道发生了什么
这个下午
时间留出余地
箱子一直都一动不动

风很大
由西向东
鸟的声音被消遁
我和箱子相遇
没人关心里面装的是什么
拉杆箱正是
橘红色的虚无本身

（选自《江南诗》2021年第2期）

评鉴与感悟

在西部高原的山顶，一个金属拉杆箱吸引了诗人。充满魅惑的颜色让诗人兴致勃勃地猜测它属于"一个年轻的女孩或女人"。在第二节，诗人转向对时空的观察。箱子成为原点，诗人所见与其说是周围的风景，毋宁说是对于被箱子重构的时空的感受和体察：树木弥漫着神秘的气息，旋即被"大河拦路"的险峻所凝结。

又空了一行后，诗人重又回到挥之不去的疑问：箱子的主人去哪了？一只孤零零留在山顶的箱子，伸着拉杆就像伸长脖子等待招领。迷宫敞开的门户诱惑着观者。诗人的猜测很多，但没有哪个可以被确认。一个失落的拉杆箱就是一个盲盒。

在新一节，诗人的思绪依然耽于箱子主人的缺席。这个下午，和一只箱子的意外相遇改写了旅途的内容和意义。最后一节，诗人转向感受风。风缥缈无形，无法被看见，就像那个失踪的主人。但缺席并非虚无。

　　这是一首闪烁着橘红色火焰的诗。橘红色也是象征灭火抢险的消防用色。在惊异、玄秘、紧张的气氛中，我们不妨假设：这就是上帝留给诗人的箱子。（纪梅）

异想天开
——致策兰

/ 见君

太阳落山时，
太阳着了火。

你看见，
浓烟里跑出老虎和豹子，
金黄色的。
你失声痛哭着，
策兰，策兰，
你站在荒野。

荒野里，
一条路缠着另一条路，
一条河流向另一条河，
一座山望着另一座山，
一棵树和另一棵树，
互相抱着。

策兰，你看，
树上，
众多果子，
尖叫着，逃离枝头；
树下，
红蚂蚁的迎亲队伍，
那么大，那么多。

策兰，策兰，
我是你的受害者。

当太阳燃尽光，
开始注解黑暗的高贵，
我手持镰刀，
读你的诗，
读一把思想的利刃，
在粗糙的灵魂上，
打磨着。

（选自《诗刊》2021年7月号）

评鉴与感悟

见君是我要好的诗友，大约是在2004年，在河北文学院的一次采风活动中，我坐着见君开的车，闯过一个火车即将抵近的道口，很像策兰诗中的某个场景。遇到猝然而来的危险，爽快地闯过去，然后释然地哈哈一笑。我和身为检察官的见君有着一样的性格。这么多年，联系不多，但我高兴地从文本中见证了他的进步与成长。见君的思维是跳跃性的，词语有着凛冽与决绝的意味。他对诗歌特别虔诚，在大量的阅读中慢慢找到了自己的诗感，作品具有了更多在深处蔓延的可

能性。其实，所有的艺术创作都需要异想天开，我经常和诗友说这样一句话："你一异想，天就开了……"（李木马）

灵魂故事

/ 江非

一个异乡人给我说了这个故事
然后我去了那个小镇
走过了它弯曲狭窄的街道,吃了它的米粉
在它一个彻夜不眠的酒馆
爱上了那里的一个棕头发的女人

三天后我复又离开了那个小镇
从此再也没有提起过那个故事
也没有再去过那个小镇

那个故事说,要在晚饭时分到达那个小镇
用一把螺丝刀拧开镇上的那个红色的盒子
然后就可以看到自己的灵魂

我拧开了,我看到了
灵魂陌生、沧桑、疲惫
提着一盏蓝色的信号灯,孤独地站着

灵魂是一个白发苍苍可怜的等我的老人

　　　　　　　　　　　　（选自《诗刊》2021年8月号）

评鉴与感悟

　　现代的诗歌文化里多多少少隐伏着一个顽强的信念：诗关乎灵魂的发现。在各种现代文体中，这种信念有时变得非常强势，极端情况下，它会排斥性地要求诗的主题必须集中对灵魂的呈现。为什么会如此？世界诗歌史上，英国浪漫派诗人和法国象征派诗人对现代工业文明的抵触，应该是这一诗歌文化最坚实的基石。对诗的纯粹性的诉求，以及围绕着"纯诗"展开的观念论述，都源于一种骄傲的文化动机：生命的意义重叠于诗对灵魂的揭示。任何对灵魂的言述，究其实质，都是对生命的人格形象的一种激进的想象。这里，激进无涉极端的做派；它的意思是，人的生命有限，而对灵魂的思索和追寻，可以帮助我们节约时间。　这是一种奇怪的悖论，诗没有实际的功用；在工具理性看来，几乎是浪费时间；但从人的自我教育的角度看，诗触及的人生智慧，又是对时间的重新收集和重新分类，让我们更专注于我们会如何存在，从而在生命的意义上帮我们节约了时间。

　　当然实际的写作中，诗和灵魂的关系并非总是一帆风顺的。由于灵魂主题天然就亲近文学的道德关怀，弄不好的话，它就沦落为一种借口，或蜕变成一种似是而非的炫耀。当代的阅读趣味似乎不怎么待见和灵魂有关的诗作。一方面，和流行的偏见有关。毕竟，以人而论，接近灵魂太难了；而且整个过程，对灵魂的接近，其实也是相当私密的。灵魂的诗学对应着体验的诗学。这意味着，诗的主题只要触及灵魂的追寻，多半在诗的类型上，会偏向于书写内心的感受。而对内心的感受的抒发，因为不及物，诗很容易流于空泛的描写。所以，不难理解，在当代诗歌的风尚中，谈论灵魂，用诗的语言和诗的主题触及"灵魂"，都可以被视为一件相当大胆的事情。铺垫到此，读者大致可以猛醒到，江非这首直接题名为"灵魂故事"的诗所冒的文学风险有多大了吧。它不仅需要把握好措辞的分寸（比如，尽量避免空疏华丽的辞藻），而且也要把握好诗歌文体本身的分寸（比如，不能滑入过于抽象的议论）。此外，如果涉及诗的场景和事件的线索，更需要把握好诗的叙事视角。

考虑到上述因素之后，我们再读江非的这首诗，就被诗人在世俗的生活情境中展现的对灵魂的追寻所深深折服。这折服的达成，并非来自外界强力而为的醍醐灌顶，而是基于某种生活经验的共鸣，被诗人巧妙地书写，慢慢浸入一种独特的生命氛围中。诗人至少用他给出的文学场景做到一件事：灵魂不会因生活的卑微或平凡而与我们隔绝。卑微的事物中存在着对灵魂的深刻的体验。对灵魂的追寻，不一定要超凡脱俗，到远离人间烟火的地方才可以实现。真正的灵魂，不一定都笼罩在神圣的光晕中；某种意义上，灵魂的平凡性反而有可能是它最深刻的地方。真正的灵魂，一定包含着对我们自身的最完整的接纳，就像诗人在诗的结尾提示的：灵魂是在某处等着我们的白发苍苍的老人。这首诗，真正的行为，是"看见"。它很容易在阅读中被滑过，但"看见"，其实才是这首诗真正的"诗眼"。常常，我们以为我们只能在遥远的荒漠才体验到灵魂的含义。而诗人江非却展示了相反的可能：对灵魂的追寻，恰恰就在于我们应该有能力在生活的平凡中发现它，看见它。"看见"，还有一个含义：对灵魂的追寻，最积极的方式或许并不止于"祈祷"，而是善于从对事物的观看中捕获到它存在的线索。（臧棣）

星图

/ 江离

外祖母告诉我,天上的每颗星
都对应着一个人
每当有人死去,属于他的星就会陨落
那是暑期,七星的斗柄正指向南方
我靠在她的膝上,看着星辉组成的
银色光带横亘天际
听她讲鬼神的秘闻,仿佛草木之间
到处都有神灵
这是何其宽广的世界
它们永久地铭刻在一个孩童的心中
当她的那颗星带着光焰消逝在夜色中
我就再也没有见到过那璀璨的银河
这就是为什么,我还是少年时
从图书馆里疯狂地寻找它们:
北斗星所在的大熊座
参宿四和参宿七构成的猎户座
我想象着,外祖母的星应该是在仙后座

想象着当它消隐之后,只不过是
参与到更深邃的暗蓝色的夜空里
我抵抗着,将星星描述为客体的冰冷知识
带着那张璀璨的星图
为了使它成为一种生活的远景
那些炊烟、伫立在浅紫色晚霞中的村子
那些已经拆除了的黎明时的街道
你的渴望,你的看上去有些笨拙的坚持
那么久远之后,依然在向我展现
那种隐秘的意义
我的意思是,每个人都带着自己的星图
——我们主动塑造着的自我
一种生活的风格,灵魂的强度
今夜,没有星光,母亲、妻子和孩子们
都已睡去,我想起你
当你指着树枝上浩大的圆月
而你是一阵风,托举着飘散的蒲公英

(选自《诗刊》2021年1月号)

评鉴与感悟

  这是一首由童年记忆、情感体验通往自我认知和宇宙意识的诗,叙述流畅,细节饱满,同时也充满了对话性。诗在一种精神延展中最后还是回到了人生现场,如梦方醒,似真似幻,但在诗意的延长线上,仍然留下了值得思考的问题:今天我们在仰望星空时,是否还会观照内心的道德律?江离平静的述说中潜藏着他的疑惑与不解,这也许就是诗的源头——面对浩瀚的宇宙,我们内心茫然,却又无比向往那包裹一切的神秘风景。
  江离调动童年记忆是引出星图的前提,我们可能都有过与其相似的经历：暑期的夏日夜晚，坐在外祖母膝上一边看星星，一边听她讲"鬼神的秘闻"，这种回忆显得深沉而忧伤。当我们将这一共同记忆置于具体的写作情境中时，又如何将其转化成更具生产性的命题？江离叙述了一个孩童面对外祖母讲述遥远星空而无法理解的困惑，场景很快转换到一个追梦者的无助与失落。带着关于生死的疑问，他钻研星座知识，试图解决外祖母留下的"难题"，但知识与情感的对接，让他陷入了更耐人寻味的迷惑。"想象着当它消隐之后，只不过是/参与到更深邃的暗蓝色的夜空里"，死亡是一种生命的完成，一种自然之道，诗人保持着好奇心，不希望打破星星的神秘感，"我抵抗着，将星星描述为客体的冰冷知识/带着那张璀璨的星图/为了使它成为一种生活的远景"。星图只是我们生活的参照，它的隐秘性促使个体回到对自我的认知，因为每个人都带着自己的星图。"我们主动塑造着的自我/一种生活的风格，灵魂的强度"，这也许就是星图给予我们的馈赠，它让我们在宁静的时刻朝着未知放飞想象，去和宇宙对话，唯有这种互动性的生成，方可让星图真正作用于现实生活。江离在怀念中靠近了记忆中的那道星光，孤寂，高迈，却又别有深意。（刘波）

九月二十六日访明德学院罗伯特·弗罗斯特旧居
——给亦来

/ 蒋浩

这浪花般落叶簇拥的未走之路，
踩上去，有些绵软。
一再托起我们身体的微漾之力，
来自心与心的吸纳和折射；
脚底下窸窸窣窣的脆响，
悠远得像地心在分泌心声：
此刻，大地咀嚼了一些辞章，
又把个别的字句轻轻地咬合在一起。
我的脚感觉到了文字的羁绊，
手却若有所失地迷失于
栅格化的空气中。
推动我们走向那幢深灰于黑的小木屋的
夕光的引力，
又把这些交叉的树枝在头上形成的
一个个彩虹般的拱顶
紧紧地连缀在一起。
在一个巨大的斜坡上，

他们依靠无穷无尽的笼罩,
把一行永恒之诗运送到山的那边。
道旁树大都保持着倾听时倾斜的姿态,
有几棵黑松像取自我们的两肋,
风提炼着皴裂的皮肤,
影子剪下了节奏的眉毛。
松果落下来安慰我们:
只是一些写废了的,只是一些涂抹掉的。
诗人不在了,
锁依旧挂在那里,
新鲜得像只有一个字的标题:"不"。
隔着玻璃看那幽暗的室内,
像贴着皮肤去听他身体里沉睡的器官。
虽然我也望不远,看不深。

(选自《江南诗》2021年第5期)

评鉴与感悟

这首诗是蒋浩组诗《佛蒙特札记》中的一首,写的是诗人赴美参加诗歌活动中的游历经验。作为一首游历诗,其独特之处在于,它是写参访一位大师级美国诗人故居的经验的,同时又是赠给一位同辈中国诗人的,因此这首诗传达的感受就变得丰富起来。首先,弗罗斯特无疑是中国当代诗歌的一位"父亲",这样,诗中的参访经验就带上了一种富有仪式感的庄重。其次,作为一首赠诗,这首诗还透露出两位中国诗人在写作上的相互征询、协商和期许的意味。最后,也是最重要的一点是,这首诗还引发一种思考:语言和文化的差异会成为诗歌的一道壁垒吗?诗人似乎在暗示我们,虽然"我的脚感觉到了文字的羁绊",但"心与心的吸纳和折射"会突破这一切,来自"大地"和"夕光"的咬合与连缀之力会突破这一切。弗罗斯特正是一位能够召唤自然之力来打破一切壁垒的诗人,尽管他曾否定过诗的翻译。最后一句"虽然我也望不远,看不深"来自弗罗斯特的一首诗,不由让我想到那首诗的下面一句:"但有什么能够遮挡/他们凝望的目光?"这首诗的抒情色彩及其庄重的沉思,让我们看到诗人写作的另一个维度。(刘康凯)

在昆虫的世界里

/津渡

一早上,你跟随一只熊蜂
在马鞭草的花蕊上起降。
你暗中嘲笑那汽油桶一样的身子
和那样单薄纤弱的透翅
但你从厚实的绒毛、几乎占据了整个头颅
的复眼和长吻中
感到了逼近过来,放大的恐惧。
你在五狗卧花中间又遭遇了
有如长筷一般的竹节虫。
它长久不动
让你无法猜透用意。
你转身,螳螂已经撕碎蝴蝶的头颈
正在大快朵颐
黄色的仙人掌花朵有如早上的餐盘。
天色转阴,乌云贴近大海
但你似乎听不到海浪
只有莽撞、焦躁的兜虫,在黑松林里飞舞

"砰砰地"撞击树干。

而当你穿过颠茄丛

丝网破裂，蜘蛛

只好从那阴谋诡计中央逃窜。

你大腿不慎碰到的叶片上，几只臭蝽

也就从叶缘边上疾速地爬过。

在昆虫的世界里

充满了埋伏、冷酷的欲望

以及悄无声息、血腥的暗杀。

事实上，你幻想变得更小

以相当于它们的体量

去进入危险的世界，遍历艰辛。

那比人的世界

也许更加的简单、直接和疯狂。

对这一点，万能的造物主深以为是

它把如此众多的骇然生物

制作得尽量短小、精巧

如同人类世界里的玩具。

（选自《江南诗》2021年第1期）

评鉴与感悟

休斯在《诗的锻造》里说，写诗就像捕捉动物——抓动物时的那种劲头与灵活性，跟写诗的状态非常接近。津渡这首关于昆虫世界的诗，就能让读者感觉到诗里有一股热情和生动性。

诗以"在昆虫的世界里"为题，又以正文中出现的这句诗为界，划分为前后两个部分。第一个部分以感知细节的捕捉为主，可视为一系列特写镜头的连续变换。诗人的目光，在不同昆虫之间不断跳跃、转换，同时，这也是摄影镜头的移动。在第二个部分，诗进入到人类对昆虫世界的反思和理解之中。诗人试图理解昆虫世界的法则，揣摩

"大自然"或"造物主"的意图。这当然是基于"人类视角"的理解。昆虫是一种让人觉得恐惧的存在物，但因为它"短小、精巧"，其恐怖性又被限制了，不然的话，人们可以想象它有多恐怖。正因为昆虫精巧短小，它的暴力，包括暴力所携带的血腥感都以某种方式被削弱了。诗人把昆虫比作"人类世界的玩具"，这是一个非常精准的、兼具感知力和反思力的比喻。

这首诗从感知向反思、理解的转换，可以作为诗的一种写作模式：从感知开始，以理解结束。当然也可以倒过来：从理解开始，以非常具体的感知结束。不管怎么写，对陌生之物的热情和好奇心，构成一首诗的真正动力。好奇心能够使我们进入到一个跟人类尺度不一样的世界之中，从这里开始"诗的观看"。（一行）

白杨树

/ 蓝蓝

白杨树,我想成为你毛茸茸的叶子。
当你笔挺站立,我想成为你闪亮的颤动。

你在风中起舞,
我想成为你嘹亮的嗓音
歌唱九月高阔的天空。

当你钻入云天,我是你脊柱的力量
是你根须里隐秘的泉水;

当你对大地说着飞雪
我顷刻成为你滚烫的新娘,
在落叶中成为篝火的上升。

我是你收集的蓝色闪电,
是你岁月的记载者;
我是你生命闪亮的颤动

当你在春天长出毛茸茸的叶子——。

(选自中国诗歌网"中国好诗"2021年第100期)

评鉴与感悟

  多年如一日地坚持着诗的抒情品质的蓝蓝,在《白杨树》里展现出兼具浓度与纯度的抒情功夫,歌咏了一种盎然发亮的生命力;白杨树,就是"岁月的记载者",是"生命闪亮的颤动"。(杨碧薇)

母亲

/ 蓝野

一位怀孕的女人登上公共汽车
扶好车门里侧的立杆后
对着整个车厢,她很快地瞥了一眼
她那么得意
像怀了王子
她的骄傲和柔情交织的一眼
似乎整个车厢里的人,都是她的孩子

车微微颠簸了一下
我,我们,和每一丝空气
都心惊肉跳地惊呼了
——道路真的应该修得平坦一些
——汽车真的应该行驶得缓慢一点
有很多母亲正在出门,正在回家
正在怀抱着整个世界,甜蜜而小心

(选自微信公号《诗眼睛》 2021年12月31日)

评鉴与感悟

　　一位怀孕的女人登上公交车，本该有人让座，但整车厢的人没一个起身让座。她只好找个扶杆站着。她本该愤怒或者怨恨，但她快乐而充满柔情。仿佛车厢里的人都是不懂事的小孩，而只有她一位母亲。她的爱可怀抱世界，原谅一切。简单的文字也道出了一些社会群体的道德素质。我想诗人此时正坐在车厢后排不方便让座或者同样站着，要是有座不让会背负内疚和良知的煎熬。因为这才是诗心。正因为有这样的诗心，诗人才会写出这样的诗。（马鲜红）

别离
——读黄景仁《别老母》

/老四

一九二〇年秋，一个年轻人
乘火车南下
去见客居济南的父亲
他们在大明湖畔的草棚下饮酒
之后同榻，交谈至半夜
第二天一早，年轻人北上回京
后去往苏联。
三年后，父子再次相见
继而分离，散布在历史的地图上
一九三二年，教师、道士、画家瞿世玮
贫病中死于客居的寓所
由同乡朋友资助下葬
三年后，年轻人死于福建
两人的忌日仅差一天

二十一岁的瞿秋白坐在北上的火车里
路旁闪过一个村庄

一家父子母女在门口吃早饭

炊烟将津浦铁路裹进怀里

一些早年的画面随火车前行：

江南寒夜，父亲空手归来

母亲还未自尽。火炉载着一叶小舟

父子一起作画……

这些画面他后来还会想起

比如在生命尽头的牢房里

他读了几页陶渊明，又放弃了

"人生孤寂得很"——

想起同乡黄景仁的两句诗：

"惨惨柴门风雪夜，此时有子不如无"

面对窗外的中国

瞿秋白脑中满是父亲的影像

以及许多人的父亲

（选自《十月》2021年第3期）

评鉴与感悟

清代诗人黄景仁的《别老母》一诗写得凄恻动人，令人涕泪。中国人常讲"男儿志在四方"，又讲"父母在，不远游"，在这两种情感的激烈冲突下，我们必然要做许多艰难的抉择，因此有离愁别绪，母盼子归……

诗人老四在读到黄景仁的《别老母》后，同样客居济南的他想起一百年前伟大的无产阶级革命家瞿秋白先生南下济南见父亲的场景：父子二人草棚饮酒，聊叙人生，随后，年轻的瞿秋白加入无产阶级革命的队伍中，辗转苏联。三年后父子再次相见，但终究只是匆匆一叙。后来父亲穷困潦倒，客死寓所，而作为儿子的瞿秋白也客死福建。整首诗悲凉的氛围至此被作者渲染得淋漓尽致，怎能不叫人动容。而作者并不想以此结束整首诗，而是通过倒叙的手法，回忆瞿秋白先生和父亲见面的场景，写得温馨，却又有几分凄凉与孤寂，这就使本诗的情感再次得到提升，仿佛一个贫困交加的流浪者正在回忆童年温馨的场景。尤其是在最后，作者写到瞿秋白读陶渊明进而发出的人生感叹。诗人最后把整首诗的意象回归到父亲身上，这又切合《别老母》中的伟大情感。

这首诗的动人之处即在于作者把离别与永别写得动人，写得感伤，同时，这首诗也写出了一个革命者舍小家弃大家的天下情怀。（苏仁聪）

动车库

/ 李木马

如奔驰的马队回到栖息的营地
远方,透明的丝线被车轮缠绕,拉紧
这里,又像大鲸的巢穴
暮晚刚刚垂下铁质的帷幔

有一朵云,千里追随而来
今晚,它将栖身于
动车库东北角巨大的屋顶
如同一团蓬松的棉丝
今晚,它将一边抚慰钢铁的马队
一边擦拭满天的群星

今晚,万物安睡
燕山脚下,这座鲜为人知的动车检修库
几万颗螺丝,如同银河中
飞翔的钢铁焕然发光
它们将在后半夜逐渐冷静下来

接受仪器、光波和我们的目光
逡巡与凝视的严肃检点

（选自《诗刊》2021年7月号）

评鉴与感悟

　　车轮、铁制、钢铁、螺丝、检修库、仪器，这些与动车库有关的现代化意象，被奔驰的马队、透明的丝线、大鲸的巢穴、蓬松的棉线、一朵云、满天的群星等自然性意象，软化为一种温情而富有张力的新鲜诗意。司空见惯却气质迥异的两组元素群，在诗人的精妙处理下，黏合、纠缠、对冲、盘旋、共振，时有融合之奇，时有间离之美。诗人在工业文明的风驰电掣中，为暮晚的动车减速，让飞翔的钢铁"在后半夜逐渐冷静下来"。诗人诚邀每一位读者乘坐时代的动车，一路共享农耕文明的诗意风景，万物入睡之时，栖身燕山脚下。生命奔驰，终有停歇和检修。此诗结实而有弹性，语言贴心，修辞及物，起伏有度，意象密度恰到好处，精美，精到，精准，潜藏着特朗斯特罗姆诗歌美学的秘术。（徐俊国）

我爱大理石的悲凉

/ 李南

我爱大理石的悲凉
也爱一道孤单的影子从天边划过
我更爱昆虫合唱的低音部
隐居者。劳动者。警车呼啸而过。
露水滴答滴答
构成这个世界的静,与动。

(选自中国诗歌网"中国好诗"2021年第107期)

评鉴与感悟

李南的《我爱大理石的悲凉》一诗,用六行短句写出了人世间的悲凉况境,我欣赏其中的对应关系,即"天边孤单的影子"对应"昆虫合唱的低音部","隐居者"对应"劳动者",以及对应警车所引喻的"罪犯"或"治理者"。有世界的静与动,在这些相互差异和矛盾的对应里,让诗歌陈述的事理变得有冲突和撞击感,让诗变得硬朗和有骨感。(李云)

山中

/李少君

木瓜、芭蕉、槟榔树
一道矮墙围住
就是山中的寻常人家

我沿旧公路走到此处
正好敲门讨一口水喝

门扉紧闭,却有一枝三角梅
探头出来,恬淡而亲切
笑吟吟如乡间少妇

(选自微信公号《诗眼睛》 2021年12月13日)

读《山中》，忽然想到唐代贾岛的《寻隐者不遇》："松下问童子，言师采药去。只在此山中，云深不知处。"诗中有三人，二人对话，一人采药于山中，云深，云雾缥缈，深不可测。重点写远景却很约束，这是格律诗的局限。

而《山中》，写的是独自一人，到山中一寻常人家讨口水喝，却见门扉紧闭，入无人之境，而看到的是"一支三角梅探出头来"，重点写近景却很舒展，这是现代诗的自在。

比起贾诗中的礼节性对话，虽然也有悠远的意境，《山中》则更为清幽、恬淡，更有人情味，最后一句"笑吟吟如乡间少妇"，更为亲切，读到此，便读到诗人那种内心美好的隐秘情愫，景美，情意更美。

世外的清幽寂静，诗人的闲适心情，以及诗风的清新纯朴，给读者一种美学意义上的精神享受。（人云）

村庄与寺院

/ 李曙白

它们在远处的山间
耀眼的金顶和寺院棕红色的院墙
土黄色的村舍和灰黑色的屋顶
那些高高低低的房宇
毗连成一片　似乎默守着
某种久远的约定
近处是低缓的山坡
更近处是茵绿的草原和在草原上
吃草的牦牛群
看着它们你会觉得在这尘世
神灵和我们和世间万物
各司其职　正在共同做一桩事

（选自《江南诗》2021年第1期）

评鉴与感悟

　　这是一首关于空间的诗。它有两个维度：一个是横向延展的，包含近和远的平面空间；另一个是纵向的、在世间万物和神之间形成的空间，具有高和低、上和下的区分。诗的前半部分出现了几种颜色：金色、棕红色、土黄色、灰黑色。不同的色彩和建筑连成一片，似乎"默守着某种久远的约定"。村庄和寺院，通过色彩关系既区分开来、又嵌在一起。诗人以这样的方式，呈现着"世俗空间"和"神圣空间"的关系。从"近处是低缓的山坡……"开始，诗的目光从人造物（建筑）转向了自然。"山坡""草原"以及"牦牛群"是自然的一部分。自然是"村庄"和"寺院"的存在背景。诗人感到，在这尘世之中，"神灵和我们和世间万物／各司其职　正在共同做一桩事"，自然、人世与神圣构成了一个统一的存在秩序。

　　不过，这首诗对空间以及空间中诸事物的描述，对自然、人和神的书写，其具体性还可以再加强。诗中出现的基本上还是一些类型化的意象，在一个平面上推移、滑动，内在的层次不够丰富，也缺乏真正的纵深。另外，诗的结尾使用的升华手法是比较抽象和常规的，可以考虑更加独特的言说方式。（一行）

湖上

/李郁葱

我们看到的只是其中的一部分
更多的那些藏在视野之外,峡湾的转折处
那些山峰和村落隐约的倒影
有时掩映在翠色和虚无的云彩之外
石柱、峰丛、峭壁,一个惊呼
一张面容,某次旅途中邂逅而又忘记的

就像是映山红、桃花、油菜花
沿着那些山坡弥漫;而杨梅、桃子、西瓜
遵循于季节的秩序,作为果实
而呈现;如果红柿和枫叶
能够赋予更多的声音,那些饶舌者
他们藏在水底,被水所覆没

豁然开阔,重重叠叠之间
我们的犹豫恰好挡住谢灵运的视线
千年前逶迤而行的古道

被遮蔽，而刘伯温从那条跃出水面的
鱼之圆眼中看见我们：扁舟一叶
但风声终究让我们沉溺

如画之江山，我们是其中的寥寥数笔
或者就是风过处树枝的战栗
片刻之后，树枝回到了固有的沉默：
树枝在生长，但我们没有看见
树叶仿佛阳光下的铃铛
有时落下来，飘在水波之上

（选自《福建文学》2021年第5期）

评鉴与感悟

在诗坛，隐居杭州西湖的李郁葱总让我想到先前隐迹洪湖的哨兵，他们都是诗江湖中的资深剑客。散淡的李郁葱更具隐士之风。湖上之诗自然会更多地出现树木、水草、扁舟、岸边的花朵以及"山峰和村落隐约的倒影"，这些湿漉漉的意象与诗人是互融的，写风景，其实是在写自己的思绪与身心状态。他的诗，看不出任何费劲的痕迹，像走在湖边，不大的风吹过来，让人很舒服。但静下来细读，便会有"我们看到的只是其中的一部分/更多的那些藏在视野之外"的感觉。虽然诗人笔下很少写到冬季，但读他的诗有湖心亭赏雪的意境。（李木马）

蜜汁

/李云

花蕊的心思只有一根针才能
戳破 惊天秘密在黏稠的河床流动
琥珀生成的模样

千万只花魂飞舞的心跳
最后沉淀为童年的微笑之色

多少次金翅振响催萌了季节的艳梦
金子打造的殿堂和金丝纺就的光线
从一朵花到另一朵花谁驱动一座金山在飞

花季里的花事过敏了多少人的目光
养蜂人是被花下了蛊的人

我只守着一勺黄金
不语 听窗玻璃被谁嗡嗡嗡地撞响

一下二下三下……

(选自微信公号《特别关注》"周三诗荟"2021年3月31日)

评鉴与感悟

　　李云的人生经历非常丰富，干过许多工作，但文学是他"梦开始的地方"，诗歌始终是他生命中最重要的事情。

　　著名诗歌评论家陈超说，诗歌之美主要不在于传达某个语义信息，而是它的传达方式值得我们沉浸、赏玩。所以，内行的欣赏者不太重视"诗所言"，而更喜欢注意"怎么言"。

　　李云的《蜜汁》究竟言说了什么？恐怕你读了多遍之后，也只有一个粗略的印象，与甜蜜有关，与蜜蜂有关，花朵藏蜜，蜜蜂采蜜、酿蜜，而"我"守蜜……似懂非懂，而深藏在语句中的诗意就要靠读者自己去感悟了。

　　这是一首值得我们"沉浸、赏玩"的诗歌。"蜜汁"是诗人珍爱的，但它的获得却不是一件容易的事情，从"花蕊的心思"被"戳破""花魂飞舞的心跳"，从"多少次金翅振响"到"驭动一座金山"，从"花事过敏"到"养蜂人"被花蛊惑……诗人全都没有直接说出，而是将诗意融入意象的纹理和语词的皱褶处，其陌生化的表达方式增添了诗的神秘性，吸引读者去捕捉、去琢磨。其诗意轨迹应该是"花蕊"——"蜜蜂"——"养蜂人"——"我"。"蜜蜂"是诗中重要的意象，但是由其他物象暗示的，蜜蜂的辛劳也没有说，却暗含其中。蜜蜂是"花魂"，恐怕也是花神，"驭动一座金山在飞"。而"养蜂人"呢？痴迷于"花事"，放飞着"艳梦"，也在酿造着"金子"般的生活。相对于"蜜蜂"和"养蜂人"，诗人就悠闲安逸多了，"我只守着一勺黄金／不语"，甚至单调无聊，"听窗玻璃被谁嗡嗡嗡地撞响／一下二下三下……"这里的"谁"还是指蜜蜂吗？肯定不是，应该是无数酿蜜者的代名词，诗歌不直接指名，故意让读者去想，内涵更加丰富了。诗人是自省的，"只守着一勺黄金"当然是自在逍遥的生活，但这是不行的，"黄金"用完了怎么办？诗人一定会在"不语"中奋起，向春天出发，向花朵出发。

甜蜜是酿造出来的，幸福是奋斗出来的，我们不能坐享其成、坐吃山空，我们都要做"被花下了蛊"的养蜂人。这或许就是这首诗的主旨所在。（李汉超）

大地上

/ 梁平

在大地上,你是你自己的线条,
笔直、曲折、纠缠,更多时候是一团乱麻。
春天迟迟不来,貌似花朵的口罩,
比雪更辽阔地覆盖了二月。
时间比流水还急,没有一秒停留,
好多奔跑的脚步追赶呼吸。
有阳光在,就没有死寂的土地,
我看见线条与线条之间,
一抹鲜绿,正在泛滥。

(选自《诗刊》2021年6月号)

评鉴与感悟

  观看与想象是人对大地最直接的体验,在这方面,可能诗人的感受最为真切。他试图将自己和大地融为一体,但在书写中又时刻与之保持距离,这种意图与实践的博弈构成了诗歌必要的张力。梁平所描绘的大地上的景观，融合了自己深邃的时空观，既微观到呼吸的身体，又宏观到辽远的宇宙，这种对比性强化的正是我们理解诗意的诸多可能。尤其是在季节和画面的交替呈现中，各种与诗相关的场景能以可言传的方式被还原，恰恰暗合了诗人某种旷野呼告的开阔性和通透感。

大地上的人作为线条，一方面在于远观的视角，另一方面则在于近观的注目，这种远近相连之后建构起来的风景，如同诗人所言——"笔直、曲折、纠缠，更多时候是一团乱麻。"近于人生混沌的感触，被视觉化为一道景观。诗人此时将笔触转向了时间，春天被延宕了，"貌似花朵的口罩"，被遮掩的美意味着春天的力量。然而，季节同样被剥离了时间之维，成为一种"辽阔"二月的综合时空隐喻。当再次回到时间中来，诗人开始了自己趋于本质化的书写，同时运用更丰富的修辞来营造动感的氛围——"好多奔跑的脚步追赶呼吸"。季节似乎与大地构成了时空的平衡，而大地也由抽象变得更为具体，阳光滋养着大地，它又是另一幅极具生机的画卷。诗人再次调动视觉机制和感官能动性，赋予画面更具生长性的"鲜绿"色彩，这才是对大地生动的演绎。梁平在转化日常经验的过程中将静态的风景书写成了富有动感的生态美学，这体现的是一份独特的人文情怀，也是一种耐人寻味的诗学。（刘波）

端详

/梁小斌

在那忘我耕耘
被我虔诚地摆放田埂上的
那只黑色陶罐
陶罐内含
稀粥如影
南瓜方正如印

还有荷叶
摆放几把黄豆
喂养亲爱的耕牛
我和耕牛共同商定
泥腿蹚过水田数遍之后
就可享用
各自的早餐

只要早餐在那里
我和耕牛看上去是在犁田向前

我心里明白
都在围着广阔天地打转

田埂上的那只黑色陶罐,终于
悬挂出一根黑豆角
像活着一样在风中飘摇

那只黑豆角
形状鲜亮
滋味很鲜

但广阔天地的生存原则是:
先劳动
后吃饭

是那忘我耕耘的岁月
将我锤炼
从此我变成一位

端详着咸味
就能喝下稀饭的人

(选自《诗刊》2021年2月号)

评鉴与感悟

梁小斌有一句名言:"我的身躯只是诗歌一行。"为诗歌活着,对他来说并非虚言。就像这首《端详》,大概不能被简单地看作是一幅春耕图,诗中所包含的哲理思索实际上具有丰富的层面,既可以看作是关联生活的,也可以看作是关联创作的,或者混而有之,从不同的侧面折射出不同的光彩。这就是生活的复杂性，诗人从中发现的却是诗，是用一首诗把生活提纯，或者是用一首诗覆盖生活的混沌。

端详是一种热忱的态度，对诗人来说，就是保持对生活的热忱。诗中的意象——黑色陶罐、耕牛、稀粥、南瓜、黄豆、黑豆角等，都是生活中的寻常之物，却都散发出温煦的气息。这些事物并不孤立，而是围绕着"耕耘"这个同心圆，部署在恰当的位置上。此诗的命意聚焦于耕耘，诗中对耕耘也有一些细节性的呈现，包括耕耘的场景和人与牛的亲密关系，都在诗人的笔下显得历历在目。然而诗人的着眼点并非耕耘本身，而是表达对生命与生活的某种寄托。诗中的哲理意味是从细节与场景中渗透出来的，而不是被特别地指出来的。诗人有感而发，却又言在意外，他并没有把一首诗写实写满，而是虚实结合，满而未满。这就是诗人对生活的热忱，在诗中留有余地，诗人在空白处隐身，静观默察。

梁小斌追求"带有咸味的诗歌"。他在一个访谈中说："文学的最抽象的表达、最精炼的表达，就像大海里面的水全部蒸馏掉了，留下的盐就是哲学。"对照此诗最后的几句，"是那忘我耕耘的岁月/将我锤炼/从此我变成一位//端详着咸味/就能喝下稀饭的人"，可以进一步印证梁小斌的写作追求。（吴投文）

我们的田野

/林莉

餐桌上，摆着一盘碧绿的荠菜
菜质鲜嫩，清甜略涩口
像我和你曾拥有过的青葱生活
那一次，惊蛰过后
我们在一条溪坑边挖荠菜
竹篮渐渐被堆满，我们的惊喜
落在溪流里，发出好听的哗啦哗啦声
我们沿着小溪走了很远
讨论着做荠菜饼、荠菜汤、荠菜饺子
小小的愿望，在锅碗瓢盆中交响
仿佛一生中，谁想要的也不过如此
是荠菜，令我们暗自着迷
有了久违的感动
我们都相信，美妙的荠菜
调和了我们各自的生活
暗淡的日子，也变得可口、明丽
后来，我们站在岸边默默眺望

春天的大野,充满了荠菜甜美的气味
还有我们的心
总是这样,我们的田野饱满多汁
赋予了所有想象和热情
在我们从中缺席
以及雨水到来之前

(选自《诗刊》2021年5月号)

评鉴与感悟

  林莉的诗就像一个传统的邻家女孩,没有惊艳的字句,没有奇装异服的思想,有的是熟悉的温馨和那种善解人意的和谐。显然,她放弃了现代性的自我冲突以及各种矛盾的精神语境,把精神定位在日常情感的层面,抒写平凡的美好、朴素的感动。这首《我们的田野》,如同溪水般娓娓道来,表达得清晰自然。她的诗学态度是内容大过语言,生活比创造重要。每次我在媒体上看到林莉的名字,都会看看她新写的诗,这也算是一种"默默眺望/春天的大野,充满了荠菜甜美的气味"。(潘维)

把大海关上

/林莽

面对浩瀚的大海和喧响的波浪
面对一切宏大的事物
一个小小的生命能如何面对

记得童年　乡村庙会上锣鼓喧天
舞狮抖动着红色的鬃毛突然间高高地站起
幼小的身心上印下了源自心底的战栗

而后　那场更大的风暴来临　我十六岁
面对惊恐　失望与无法抗争的命运
只能以沉默和韧性度过那些艰难的时日

两岁的丫丫
第一次见到大海的外孙女
跟我们说:"把大海关上"

海　却一直汹涌着

把浪花一次又一次地推到沙滩上

在回家的路上
她小声地问我："大海关上了吗"

（选自微信公号《诗眼睛》2021年11月19日）

评鉴与感悟

　　林莽的诗是可靠的、温暖的、有独特品质的。他一直在执着地建设属于他的特色鲜明的诗意之路，一直在试图引领读者回到平坦、安全和舒适的诗意家乡。

　　这是一首沉重的诗、令人欣慰的诗，也是一首满怀畅想的诗。诗人对于自己在命运漩涡中的无奈与妥协，甚至不能有所作为的表现进行深刻的自省与批判，而且选取的参照对象恰恰是自己的外孙女，只有两岁的丫丫。

　　这就值得玩味了，不妨细读一下。

面对浩瀚的大海和喧响的波浪
面对一切宏大的事物
一个小小的生命能如何面对

　　和诗人一样，我们无时不在感受到作为尘世间"一个小小的生命"，"面对浩瀚的大海和喧响的波浪，面对一切宏大的事物"的一种无措、无奈和无助。诗人把这种思考放到一张纸上，对自己进行深刻省察，仿佛能看到他在思索中紧锁着眉头，他是要想出办法来的，而今只能为自己的没有办法而痛心疾首，悔恨不已。

　　诗人列举自己在面对宏大事物时的种种表现，先看之一。

记得童年　乡村庙会上锣鼓喧天
舞狮抖动着红色的鬃毛突然间高高地站起

  幼小的身心上印下了源自心底的战栗

  童年的记忆是深刻的、蜇人的。当"舞狮抖动着红色的鬃毛突然间高高地站起"的时候,他"幼小的身心上印下了源自心底的战栗"。很多年了,这种战栗好像一直在,一直在寂静的时候成为呼啸而来的梦魇。相信在纸上写下这首诗的一刻,诗人应该已经释然。
  那一代人记忆里好像真的有泣血的疼。让我们看看诗人在面对宏大事物时的另一个表现。

  而后　那场更大的风暴来临　我十六岁
  面对惊恐　失望与无法抗争的命运
  只能以沉默和韧性度过那些艰难的时日

  对于这种不能抗拒的浩劫,诗人深陷其中,"只能以沉默和韧性度过那些艰难的时日"。"面对一切宏大的事物"浸入骨髓的伤害,我们真的束手无策。
  经过深入的诗意铺垫,诗人要隆重推出与自己表现有鲜明对照的"两岁的丫丫",通过对比来达成并强化诗人想要的诗意。

  两岁的丫丫
  第一次见到大海的外孙女
  跟我们说:"把大海关上"

  这里诗人重在表达的一定不是"无知者无畏"的意思,而是对"两岁的丫丫"敢于表达、勇于表达、对违逆于心的事物说"不"的态度的褒扬。同时,也是在揭开自己深藏的"小"和痛来,以"两岁的丫丫"之"小"彰显其行为意义之大,反衬自己廉颇老矣,却仍不能摒弃"小"的无奈叹息。
  诗人的良苦用心不仅仅到此为止。面对——

  海　却一直汹涌着

把浪花一次又一次地推到沙滩上

宏大的事物并不会因人的意志而改变，但人也不能因此丧失斗志，要永怀"关上它"的雄心。诗人无法掩饰对浪花的赞美，其实更无法掩饰对外孙女的喜爱，于字里行间，我们能感觉到诗人是欣慰的。我们感觉诗人就要把心爱的"浪花"搂在怀里了。

在回家的路上
她小声地问我："大海关上了吗"

这是如浪花般的一遍遍追问，是希望的追问，是未来的追问。丫丫有挑战宏大事物的勇气，值得一百个赞。其"小声地"，却又流露出应有的恐惧，那是人之常情，何况"两岁的丫丫"？

"面对一切宏大的事物"，孩子没有躲避，说不定，在不遥远的未来，他们真的会想出更多更好的办法来。（三姑石）

天湖秩序

/林秀美

村庄居于山下
古寺隐于山腹
烽火台
占据山顶　最醒目的位置
最高的树长在山坳　最矮的草伏于山顶
贯穿的橙黄栈道　沿途
布满不知名的鲜花
伫立不知名的石头

作为一名来访者　我尚不能遵从
其中的任何一种秩序
我还有一颗幼稚的心　等待穿越　腾飞
等待被引领　被伤害　被重塑
有时　我在山脚仰望
那些秩序的定点　最高的法则
就像烽火台　总让人心生敬畏
有时　我会站在暮色降临的山顶　俯瞰

那些闪烁的人间灯火和行走的身影
总让人无端涌出　泪水

（选自《福建文学》2021年第3期）

评鉴与感悟

前段时间，与林秀美在一次笔会中相遇，诗友们上山看茶园，她总爱望着风景出神。她的诗让我想到欧阳修的《醉翁亭记》"……若夫日出而林霏开，云归而岩穴暝，晦明变化者，山间之朝暮也。野芳发而幽香，佳木秀而繁阴，风霜高洁，水落而石出者，山间之四时也……"人之于风景，古今可以穿越，眼前的即是心中的。一个人，对风景有认识，有自己的见解，进而能发现一些自然的秩序与法则，"最高的树长在山坳/最矮的草伏于山顶"，个中深意，而在自然法则面前，甘愿"等待穿越　腾飞/等待被引领　被伤害　被重塑"的诗人，远不是"我见青山多妩媚，料青山见我应如是"所能涵盖的了。（李木马）

奇云山的秋天

/林芝

宛若通天的古道,其实是
通往秋天最平缓的路。

柃木,赤楠,野海棠和金樱子。
且红且黄的斑点,攀上针叶松的
脚踝。芦苇摇摆,山茶花
零零碎碎地开,蔷薇的果实
矮下枝头。石松伏在地上。
和过了两季的绿苔,散发出
青草或微雨的气息。

画眉飞过。知了的声音
藏在榆树间。蝴蝶停停走走,
捕捉随时跌落的菊香。
牛群不为所动。慵懒地横卧,仿佛
在享用午后的茶点,咀嚼
多余出来的时光。阳光松松垮垮地

滑下来，温润而黏稠，厚厚地
敷在它们的脊背，以及它们身下
沿水而生的草甸上。

更高远的秋天装在湖里。
一整块蓝天铺在水底，水面上
云朵和轻烟漂浮，水里
融化着正在染色的山峦。

（选自浙江《青田文学》2021 年第 1 期）

评鉴与感悟

看到林芝这个名字，总让我想到藏南如诗如画的林芝。林芝的诗中也是一派绿色风景、植物、雨水、草甸、云朵、山峦、伏倒的老树生着绿苔，仿佛能让人呼吸到诗中的负氧离子。林芝的诗有着强烈的"精神环保"意识，她一直以放松随意的状态为诗歌提纯，让诗像诗中的净土一样纯净。我感觉，林芝的诗是油画而非工笔，隐现的细节后面是朦胧的背景——她笔下的意象后面还有东西，看不清，但能感觉到。她的诗，有印象派的味道，散发着柠檬和牧场的气息，那是平静地蓬勃着的美与生命的气息。（李木马）

秘境之瓯

/ 刘立云

灯光转暗,倾听和回望的时刻来临
抑或逆流而上,让天空回到
高旷的天空;大地回到
辽远的大地
而我们偷天换日,选择在这个夜晚
远离尘嚣,乘一片
月光,重返音乐与词的秘境

同时也是瓷的秘境,青色的秘境
你听他们在快乐地击打
像比他们更古的人
击缶。他们在击打青瓷里的
碗、盘、盆、杯;青瓷里的瓷钮钟
瓷甬钟、瓷管钟;青瓷里的
编磬、沙锤和梅瓶
接着鼓加入进来,咚咚咚咚
咚咚咚咚,像雨打在屋瓦上

风吹着悬崖上的洞窟，你只有长出两只
羚羊的耳朵，才能听出那是
瓷的堂鼓、立鼓，瓷的土鼓和腰鼓
还有瓷的芦埙，瓷的蟾埙
瓷的鸟哨、笙箫，瓷的笛
瓷的奚胡、月琴、古筝
弄瓷人如醉如痴地击啊，敲啊
弹拨啊，如同他们年复
一年，在月下弄影，弄歌，弄潮

秘境中的瓯，就这样鸣啭起来
翱翔起来，在久远的星空下
影影绰绰，且歌且舞
其实瓯也可以读作鸥，读作
排空的一群鸟；在夜幕中闪闪烁烁的一片
星光；一种在时间的长河中
飘忽不定的灯光桨影
也可以读作白云苍狗，读作
那个年代的瓦釜和雷鸣
瓯或鸥在翱翔和鸣啭，犹如百鸟朝凤

生活在那个年代的人，那片土地上
的人，他们聪颖、矜持又勤劳
当他们用泥土和火焰
留住欢颜，呈现在我们眼前的既是废墟
也是绝唱，美得惊心动魄

（选自《上海诗人》2021年第1期）

评鉴与感悟

刘立云所吟咏的瓯是瓷的秘境,也是词的秘境。在他笔下,每一个汉字都会呼吸,会走动,会飞翔,会歌唱……在一片皎洁的月光下,那璀璨的词语幻化出的,正是诗人梦寐以求的冥想之境。(邰筐)

这个世界不可抗拒

/ 刘川

世界上所有的孕妇
都到街上集合
站成排、站成列
（就像阅兵式一样）
我看见了
并不惊奇
我只惊奇于
她们体内的婴儿
都是头朝下
集体倒立着的
新一代人
与我们的方向
截然相反
看来他们
更与我们势不两立
决不苟同
但我并不恐慌

因为只要他们敢出来

这个世界

就能立即把他们

正过来

（选自微信公号《特别关注》"周三诗荟"2021年3月10日）

评鉴与感悟

诗歌批判现实有着古老的文学传统，刘川的这首诗从孕妇肚里的胎儿切入，角度独特，在诗的情绪上一咏三叹，在诗的结构上一波三折，其对现实世界的批判寓于艺术的表现之中，力透纸背，入木三分。

其一，批判寓于对比之中。应该惊奇的不惊奇，还有更大的惊奇；应该恐慌的不恐慌，就是最大的恐慌。诗人运用递进式对比，有力揭示了现实世界顽固的"丑"和坚硬的"恶"。

其二，批判寓于比喻之中。比喻有大、小之分，局部语言的比喻是小比喻，整体情节的比喻是大比喻。新生世界与现实世界"截然相反"，新生事物与现实事物"势不两立"。最终，现实世界战胜了新生世界，现实事物改变了新生事物：立即将"倒立"的婴儿"正过来"。这个大比喻冷静而尖刻，揭示着世界的真相，表现着诗人的态度。

其三，批判寓于反讽之中。孕妇们集合接受检阅，这是一种折腾，完全没有必要，应该感到"惊奇"，但诗人说"并不惊奇"；新一代人以相反的方向"与我们势不两立"，应该感到"恐慌"，但诗人说"并不恐慌"，并冷静而严肃地说出缘由。这种反讽是深刻的，其表达效果也是强烈的，得益于诗人对事物出众的洞察力和对诗意卓越的发掘力。

这首诗揭示了现实世界的残酷性和人类命运的悲怆性。刘川是一位用口语写作卓有成就的诗人，其诗作表现出来的人本精神、独立意识、个性表达，都给读者留下难忘的印象。（李汉超）

在午后

/ 刘郎

冷空气袭来,在午后,
我躺在床上,裹着被子,
微合双眼。

这时候没有任何理想能把我唤醒。没有理想。
没有任何必须要做的事情。没有事情。
我沉浸在另一个宇宙。没有宇宙。

在那里,我走在内心空荡荡的大街上。没有大街。
没有一件商品值得购买。没有商品。
没有一个人值得遇见。没有遇见。

(选自《猛犸象诗刊》2021年11月27日)

评鉴与感悟

偶然看到这首诗，忽然就唤醒了于我这等小民一直忘记，或说已经藏于深深处的一个字：巨。对，巨大的巨。

请允许我围绕这个字，说说这首诗。

"冷空气袭来，在午后／我躺在床上，裹着被子／微合双眼。"这是一个奔波的人，一个饱尝辛苦的人，一个累了想小憩的人，处于半睡半醒状态的一种画面呈现，也是此诗诗意展开的大环境，或者说是建筑一首诗的基础部分。

这首诗说的是一个人大寂寞中的巨孤独。"六个没有"证明诗人的心境乃世间一切于我都是没有，一切的有于我都是虚无，都是没有。所有呈现的乃是什么于我都没有的巨孤独，却执意求败的大孤独大寂寞的一种似乎无法挽回的一种苍凉之状，或内心之忧。

好像诗人想就此离开一切，或一切也想离开他。诗人似把自己关在一个地方，与世无争，与人无扰。

这首诗溢出诗人更清高中的巨自我。理想，要做的事，宇宙，大街，商品，一个人……似乎这些都不值得遇见，用小粗之话："你玩啥呢，装呢？"不管我们如何以怼，诗人似于寂静中不动声色，循着他内心的指示，继续自我着。也许这就是诗人要的自我，是诗人一遍遍否定自我中，要呈现于街衢、人前的真实自我。

好坏勿论，至少是一种真实吧。最真实的状态，似脱去衣服站在镜前，那等真实，不能以好坏论，应让灵魂介入评判才好。让一个真我呈现毫无掩饰的美，绝非尴尬。

这首诗呈现的诗境乃是封闭中的巨沉静。整首诗，乃是一个人躺在床上的自我神游，好像世间一切于我都不再动人，不再有声响，一切如黑白影像，闪过的只是画面，只是凝固的情节，所有的经过，只有静止的截面，没有跳动的音符。

而诗人似于此沉浸，于静寂中享有一个人的午后。而诗外，窗帘拉得如此紧密，门缝窗缝弥合得如此严密。一个活着的死去的人，只是投屏给我们，让我们举起内心的菊花敬献于他。

似言重，刘郎也许会不悦。但我在《在午后》的诗题后面，发现了一个逐渐温暖起来的下午，那是一个人的下半场演出时间。相信习惯了午睡的刘郎，以至作为一个好厨师，在下午，会珍惜他为人做美食的时光。

  我觉得这才是此诗的诗意：珍惜下半场，还有晚餐的时光。

  老板，来客人啦……

  我仿佛看见老板刘郎出场了，他的诗和远方在后厨。（三姑石）

陪儿子相亲

/ 刘年

想想，对面这个高挑的白雪公主
有可能成为家庭中的一员，就暗自欢喜
本来还想生个女儿的，就省了
女孩不停地笑，儿子目不转睛地看
我知道，在他身上倾注的
二十年的叮嘱和教育，正在土崩瓦解
我回张家界学院，他们散步去了
他走进的，其实也是所高等学府
环境优美，但教学苛刻，学费昂贵
就他这种笨手笨脚的表现，拿到证书的可能性很小

（选自《福建文学》2021年第6期）

评鉴与感悟

刘年的诗中总有那么一股狠劲儿，快意江湖的意味。而这首《陪儿子相亲》的短诗却写出了父爱的柔情。我以为很了解刘年，除了温暖和仗义、意志的坚定决绝，原来也是有着这样一块"温暖的感情

的园子"。熟悉的诗友都知道，刘年的诗一般都很短，深沉开阔且有泥沙俱下之力。他的诗中还有一个重要元素是"狡黠"——即接地气的智慧，但一贯的狡黠在这首诗中变成了会心的幽默。这首诗的结尾有些释然的欲擒故纵，但我想，儿子继承了他爹的感情基因，"拿到证书的可能性"很大。（李木马）

老房子

/ 刘伟雄

有的屋梁开始移位
听到岁月蹉跎的声音
在里头　像父亲的骨骼
疏松的那份痛楚

我觉得必须立即修复
家庭会议上意见不同
有说索性拆了重建
有说部分拆了修复　有说
榫头烂的部分卸了修补
总之　是要动老房子的手术

在决议要通过的那刻
突然有个声音说
房子和墓地都不可随便动
你们考虑好风水了吗

所有的争议戛然而止

寂静中　只有风吹动屋梁
微微的颤抖

（选自《芳草》2021年第4期）

评鉴与感悟

　　这首诗的艺术魅力在于提出一个重要的而又常被日常忽视的话题，那就是在继承优秀传统文化的同时，如何剔除与优秀文化交杂在一起的封建性糟粕，特别是在日常的民间生活中。屋梁移位的"老房子"作为一种象征，既联系着现实的民间生存问题，又潜在地表达了诗人的民间价值立场，即要求对破败的房子进行"立即修复"。然而，"风水"象征着一种长期以来的沿袭与习惯，续接着民间中的愚昧无知，演化成一种强大的生活逻辑与控制力量。"所有的争议戛然而止/寂静中　只有风吹动屋梁/微微的颤抖"在这个意味深长的结尾中，民间的生活体验、特殊的文化意蕴通过诗人心灵的转换形成诗性的艺术批判。（许陈颖）

神秘街

/ 瑠歌

我们在一条
空旷的街上
走了很久

街角的小牌子写着
"神秘街"

深蓝的天空
浸入了地上的一切
加油站的广告牌
甜甜圈店里的摇滚
卡车的车灯

它们只照亮眼前的路

从一座小镇
世界的中心

通往
另一座小镇
世界的尽头

（选自《诗刊》2021年1月号）

评鉴与感悟

诗题"神秘街"，真的有一股神秘的气息。读了几遍，仿佛成为"我们"之一，也行走在那条名为"神秘街"的街道上。有些诗像黑洞，读着读着，就把你吸了进去。本诗如此。到底是一条什么街道，空旷、漫长，以至于我们走了很久。很久有多久？往下读，有答案。第二段，作者用五句诗，呈现了五种事物：天空，深蓝色；大地的一切；广告牌；摇滚；车灯。这是行进途中必然的见闻，也交代了时间背景，作者立足其间的土地已进入当下，而非田园牧歌的古代。在出现卡车车灯后作者突然荡出一段，一句即为一段，"它们只照亮眼前的路"，我觉得此句别有深意，工业文明能帮助你的，只有眼前。这条路，这条名为"神秘街"的路究竟有多长，全诗最后一段，给出了答案。这条"神秘街"却原来连接着两座小镇，什么样的小镇，世界中心的小镇和世界尽头的小镇。我有一种跟不上的恐慌，我知道我已不能跟着作者行走在这条神秘街了。很明显，他是要一直在路上的，他的尽头是世界的尽头。我想起瑠歌在他2020年出版的诗集《公路旅行》序言中写道："我在创作时，最注重的是场景的构造，20世纪，视觉技术给人类带来巨大的冲击，传统的叙事和故事已经无法刺激人的大脑，文学在传承文字的同时，必须进步。"瑠歌在享用现代文明的同时，也自觉地记录下为现代文明巨大的冲击所激发出的辽阔无边的想象力。（安琪）

当我们回忆过去

/ 龙少

那时候,母亲有乌黑的辫子
不爱唠叨,背也挺得很直
她经常背着我,走很远的路
去另一个镇子赶集
那时候我们觉得星光就是大海
尽管我们都没见过大海
当我们第一次站在老家山顶
落日余晖给我们披上薄薄金纱
我们以为那是大海
渗入我们身体,又被山风缓缓吹起
我们向着四方喊——
"你好,大海"
我们的四周,有野蔷薇
五味子、柴胡和忍冬。

评鉴与感悟

俄罗斯作家康·帕乌斯托夫斯基有一部自传体小说《生活的故事》（又译作《一生的故事故事》）。在他的童年，非凡的事物总像一阵风，在他身边吹拂。他用一个孩子的全部想象力，把它们呼唤出来：紫杉林的芬芳，大西洋的海浪，热带的雷雨轰鸣，以及风鸣竖琴的铮铮声。事实上，那个时候他还不曾见过紫杉林和大海，没到过热带地区，也没听过竖琴声。后来，他看到的第一个大海，是离他最近的黑海。

和帕乌斯托夫斯基一样，龙少这首诗也是她童年的"非凡事物"：或许是一次偶然的出游（赶集），让她非常偶然地看到了大海，一个起伏着"野蔷薇、五味子、柴胡和忍冬"的真正大海，至于"渗入我们身体，又被山风缓缓吹起"，则是心灵与万物的呼应，亦是王阳明的"吾心乃万物一体"。有了这种呼应，一个"野蔷薇、五味子、柴胡和忍冬"的大海，完全可以取代所有的大海。

这首诗的另一个特别，不是它开头的温情，而是告诉我们：母亲也有年轻的时候（"那时候，母亲有乌黑的辫子/不爱唠叨，背也挺得很直"），母亲也有不曾见识的事物（"尽管我们都没见过大海"）。当我们回忆过去，会发现不仅是母亲陪我们长大，同时我们也陪伴着母亲的成长。（商略）

残忍的部分

/卢卫平

从飞蛾扑向煤油灯
发出的呲呲声
我听见了飞蛾的疼痛
但我没有驱赶飞蛾
我看见飞蛾向煤油灯
扑击三次，就能将灯芯上
凝结的黑色灯花扑掉
煤油灯因此会增加亮度
为一家人有个温暖的冬天
母亲在灯下纳棉鞋
母亲眼睛不好
需要有明亮的灯
才不会让纳棉鞋的针
扎到母亲冻裂的手指
为了母亲少一点疼痛
我没有去制止的飞蛾的疼痛

成了我童年残忍的部分

（选自《猛犸象诗刊》2021年12月21日）

评鉴与感悟

卢卫平的诗让我想到古典诗学中的"妙悟"，当它作为审美特质时，说明他的诗灵奇而神妙；当它作为方法时，说明他擅用巧劲，也就是四两拨千斤，谈笑间让石头开出花朵，让冷铁柔化成细水潺潺。这也证明卢卫平有超乎常人的灵慧，别人能看出事物背后的深意，他不仅能看到还让这种深意从庸常的生活中升腾起来，成一束带光的弹片，不经意间击中我们日常中麻木的心，一同苏醒的还有良知和感恩。所以卢卫平之所以能妙悟，源自他对经历的人与事保有无限的善意和深情，涌动的情感一旦被擦刮，诗的创造力就爆炸了。（李犁）

每一艘渔船都装满了星星

/芦苇岸

在海边，比晨曦醒得更早的
不是大海，而是众多整装待发的渔船
每一艘渔船都装满了星星
装满了天际的宁静。晨光贴着海
劈开条条航道。白花花的浪头打在
船舷上，激起喧天喜悦
经验丰富的渔民知道
向前，是朝阳，是海上生明月
向后，海水考验吃水线，濯洗万吨乡音

（选自《江南诗》2021年第3期）

评鉴与感悟

不管生活有多艰辛，现实有几多压力，以及无所不在的焦虑症，仍需要向大海及大海上的事物敞开心扉，多感知眼前的更为广阔的所在，尤其是对大海与海上劳作者的关注，并注入童话式的激情，这样的写作，确实能够让一颗蒙尘的心重新生发光亮。因此，当你面对此情此景，感动是真挚的，也是发自内心的。（马叙）

东方

/马萧萧

它只负责日出
把日出的
盛典,尽可能张罗好
至于如日中天,以及
落日照大旗或日落西山之事
都不关它的事
它只是不厌其烦地
每天都给你发一个太阳

(选自中国诗歌网"中国好诗"2021年第103期)

评鉴与感悟

诗歌总要给人们带来合理的"惊奇",满足了人们对现实的"矫正"而带来的成就感。就拿马萧萧的《东方》来说,不管是存在中的异想,还是异想中的存在,都离不开"存在故我在"的真谛。马萧萧的这首诗,因为存在的合理性,使诗人萌生出"普世存在"的个性体验:"它只负责日出/把日出的/盛典,尽可能张罗好/至于如日中天,以及/落日照大旗或日落西山之事/都不关它的事/它只是不厌其烦地/每天都给你发一个太阳"。是的,自然常态,异类表达,这需要作者有着极其富有的精神背景和经验底色,才能拉长写作的"链条",拓展诗歌的"宽度"。(卢辉)

一只蹲伏在高处的猫

/漫尘

牠几乎不动,在四楼翘檐上
看似紧张,机敏,却又慵倦,冷怠
长时间保持沉思而恍惚的状态

一旦有动静,牠立刻睁圆双眼
发出"咔咔咔"的示警声
黑白相间的背拱成一张弯弓

但牠没有进一步行动,没有扑
或腾跃,只是用声音驱逐
高空飞鸟,飘叶,或迷路的蜂蝶

或是蓝天里游过的一条条鱼
牠能明白世界虚幻的一面吗?
能明白自己不是只会飞的猫吗?

那就下去吧,猫咪,你真聪明

你已经证明你的勇敢和高傲

那就照顾一下有恐高症的主人吧

（选自《芳草》2021年第2期）

评鉴与感悟

"牠"是异体的"它"，这说明牠可能只是一个虚拟的物象。牠欲代行它（猫）的本能，示警并采取行动。警是示了，却"没有进一步行动，没有扑/或腾跃，只是用声音驱逐"。这当然很反常，一只猫在"现实"面前败下阵来，丢失了其本能的核心品质——行动。一个巨大的疑窦由此产生，是世界太虚幻还是牠太现实？诗句没有作答。但有一个声音却搅动了沉默，这个声音不仅把牠当成一只真正的"猫咪"，而且还赞赏了牠的"聪明"。请注意，这里是两种声音的对峙，前者犹疑不安，后者斩钉截铁；前者看到了物象的"反常"，后者却把反常视为"正常"。或者也可以说是一个声音主体的认知变奏：由本能的抵抗到对"不正常的正常"的内在认同。无论如何，现实的铁臂伸了过来，原来牠的主人患有"恐高症"。恐高症的典型症状有二：一是眩晕，落实到诗中即幻觉。二是回避高处。至此，诗里那个甘做替身的"牠"终于卸掉面具，露出了最虚幻也是最真实的本体——人类天性的疯狂退却。（忆然）

捕獐记

/毛子

夜里没有事情发生
大早醒来,南边的丛林有了动静
溜烟地跑过去,昨天设下的陷阱里
一只灰獐蜷起受伤的前肢

多么兴奋啊,我想抱起它发抖的身子
当四目相视,它眼里的乞求和无辜
让我力气全无

只能说,是它眸子里的善救了它
接下来的几天,它养伤
我也在慢慢恢复心里某种柔和的东西
山上的日子是默契的
我变得清心寡欲

一个月亮爬上来的晚上,我打开笼子
它迟疑了片刻,猛地扬起如风的蹄子

多么单纯的灰獐啊，它甚至没有回头
它善良到还不知道什么叫感激

（选自微信公号《特别关注》"周三诗荟"2021年2月24日）

评鉴与感悟

人之初，性本善。善良是生命的底色和亮色，是人世间最宝贵的精神财富。诗人毛子在捕獐的过程中"慢慢恢复"心中的善良，令广大读者肃然起敬。

全诗围绕捕獐展开诗意的叙述，表达诗人内心柔软的诗情。第一小节，捕獐设套：在丛林里设置了一个捕獐的陷阱，第二天早上发现捕到了一只灰獐。三组对比，显示了灰獐的弱小和人类的险恶。"我"在这一小节没有出现，是诗人有意省略的：捕杀保护动物绝不只是"我"一个人的行为，而具有一定的普遍性，有警示作用。

第二小节，被獐感化：灰獐乞求和无辜的目光消解了"我"捕获它的力气。是什么力量使人由贪欲的"兴奋"变得"力气全无"呢？表面上看是动物眼里的"乞求和无辜"，实际上是人心里的善良在特定的情景下被唤醒了。人类有很多美好的东西正在沉睡或丢失，多么需要唤醒或找回啊！

第三小节，替獐疗伤：是善的力量在为灰獐疗伤，也使"我"的内心柔和起来。山风徐徐吹送，鸟儿婉转鸣叫，云雾袅娜，泉水潺潺……人与自然和谐相处，一切那么美好。"默契"不光是人与人之间需要，人与自然之间也需要，它提升着人的内心品质。

第四小节，为獐放生：一个美好的晚上，灰獐重回大自然的怀抱。诗人由衷地感慨道："多么单纯的灰獐啊"，你不会说感激也就罢了，我多么想你回头望一下啊；可它只是动物，"它善良到还不知道什么叫感激"，它按自己的天性生息。在这里，诗人凸显獐子的自然属性，反衬人类的文明属性，两相对照，暗含人类只能进步，不能退步，"善良"永远不能丢失。

《捕獐记》一诗，叙事简洁，感情细腻，气韵清雅，境界明丽，铺陈的是捕獐故事，成就的却是美好人生：在捕獐放生的过程中，诗人完成了一次自我救赎。（李汉超）

植物简史

/ 孟醒石

我的书房,有一种芭蕉,学名鹤望兰
高大的叶子,摸到了天花板
几天没关窗户,就有一片叶子,探出头去
裸露在冷雨中,不畏倒春寒
我的卧室,有一种绿宝石,学名喜林芋
蔓生植物,被人捆绑在木桩上
依旧吐着信子,不停地蜿蜒
这些年,很多南方山野植物
成了北方温室中的常客
在萧瑟的时节,以蓊郁宽慰人心
叶脉舒展的纹理,从内卷到外延的奥义
不啻斯蒂芬·威廉·霍金的《时间简史》
在该书畅销的20世纪90年代
我这棵河北的青苗,两次南下广东
却成了草根,暴晒出粗盐
好在,岭南的山水,也呈芭蕉叶脉状分布
绿皮火车,也有攀缘的天性

所及之处,皆通生路
不只因何,后来我又
沿着退路北上,回到了2021年
河北省获鹿县,一个漆黑的夜晚
睡梦中,突然听到一声巨响
原来,喜林芋太旺盛了
长期未剪,头重脚轻
倾倒时,摔碎了陶瓷花盆
一条条藤蔓,挣脱束缚,匍匐前进
像一列列绿皮火车
梦想回到过去,穿越京广线

(选自《诗刊》2021年10月号)

评鉴与感悟

家居生活中的绿植实际上是主人性情的某种流露,也可能承载主人的某种记忆。一个人居家过日子,家里摆放些赏心悦目的绿植,大抵是走进自己内心的另一种活法,以此抵消生活中的倦怠。说到底,绿植对家居生活的美化,也是主人心理的某种折射。

诗人孟醒石写他家居中的绿植,给人如临其境之感,这里有芭蕉、绿宝石等植物。诗中空间的构设颇符合一位诗人的家居生活,像一个素静之词而含有简洁之美,芭蕉"裸露在冷雨中,不畏倒春寒",绿宝石"依旧吐着信子,不停地蜿蜒",全不是大俗大艳的那种展露。诗人由此联想到很多南方山野植物,如今已成北方温室中的常客,"在萧瑟的时节,以蓊郁宽慰人心",似乎不无反讽,有些许苦涩的滋味。绿植之"宽慰人心",到底是强扭的苦果吧,终不能摆脱充当花瓶的命运。诗人由此又联想到自己的南北颠簸,"所及之处,皆通生路",而谋生之不易只能藏在心里,由绿植代诗人说出。最后,喜林芋在一个漆黑的夜晚轰然倒塌,原因是长势太旺盛,头重脚轻。诗人笔下的绿植是有灵性的，才有这样荒诞的情景："一条条藤蔓，挣脱束缚，匍匐前进"。然而，那又如何？可能只是诗人的一个幻觉而已。诗人曾经乘坐过的绿皮火车，此刻在他的梦境里穿行。

　　此诗名为"植物简史"，读起来，似乎不这么简单，倒像是诗人的"心灵简史"。诗人很克制，写得那么冷静，像一个人穿行在漫长的隧道里，掩饰内心的恐惧。诗中的叙述非常简洁，似乎处处对应诗人命运中的某些时刻。诗人也是犹豫的，在说与不说之间，吞吐着岁月漏下的泡沫，然而是苦涩的，简直没有一丝甜腻。（吴投文）

柿子树

/ 牧斯

一个以前有墓的
陡坡上的柿子红了。
大而红。柿子树是怎么长起来的？
以前每年都会斫，
看它不顺眼就斫，故意斫。
柿子树在我们那完全没有地位，
就像我们，但我们觉得它更没有地位。
它每年都疯长，
跟黄荆、芦萁一样。
有时把它们仨一起连斫。
柿子树的意义就是没有意义。
只比刀快，比谁的刀快，
这时的刀快还是那时的刀快。
它生长在苦而贫瘠的土地上，
在墓上。可能和我们一样只渴望春天，
不为成材。

(选自《江南诗》2021年第5期)

评鉴与感悟

牧斯曾在组诗《十甘庵山乡》里向我们展示了一个乡土的世界，这首《柿子树》就是其中的一首。乡土诗的写作现在日见寥落，一方面是因为有乡村生活经验的诗人越来越少，另一方面也是因为，乡村的诗意仿佛已经被人们穷尽了，同时也被固化了。牧斯的乡土诗却让我感受到一种独特而新鲜的诗意。在这首诗里，不择地而生的疯狂的柿子树，和那似乎也带着一种疯劲的斫的动作之间，构成一种动态的、紧张的、同时又是平衡的关系，让我们隐约有一种感受：这种关系似乎源于天地之初，也将持续到天荒地老。由此，看似简单的乡土意象或景象被原型化了，构成了对生命与世界的独特象征，也透露出诗人对存在本身的深刻感悟。这感悟是带着点悲怆的，但也不乏亮色，就像那长在墓地上的大而红的柿子散发的生命之光。（刘康凯）

木匠画像

/ 南焱

当我还是一个孩子,叔叔已是一位
出色的木匠,整天在屋内干活——
画线,锯割,刨削,钻孔,独自哼着
曲调,没人能听懂他咏唱的意思

他做的各种器具漂亮、结实,经得起
时间的考验,精湛的手艺叫人惊叹
轻便、灵巧的风车是他的代表作品
能够准确区分秕谷和壮实的谷粒

斧子在手中舞蹈,把圆木劈成方形
铁刨像水烟壶吐出咝咝的声音——
地面铺满金色的刨花,双脚移动
像踩上积雪,散发木头的香味——

送给我木制手枪以及精致的陀螺
鞭子猛抽,它就会疯狂旋转

倾斜着身子，脚尖划出地面一道道
痕迹，完全失去理智的掌控——

叔叔没有结婚，每当别人问及——
他毫不在意，继续干手中的活儿
从他那手臂的伸缩、宽阔的额头上
——你能看到大海的欢乐和宁静

（选自《江南诗》2021年第5期）

评鉴与感悟

这首诗以叙述手法，集中刻画了一个木匠叔叔的形象：他手艺精湛，沉浸在自己的劳动中，享受劳动带给自己的欢乐。他制造的器具不仅有风车这样的农具，还有木制手枪和陀螺这样的玩具，这似乎暗示，叔叔的劳动不仅是为了实用，也为了游戏。事实上，从叙述中可以感受到，他的劳动行为已经超越了木匠活的劳苦状态，而进入了一种"游于艺"的创造状态。这无疑让我们想到庄子笔下的那个木匠：削木为鐻的梓庆。梓庆能够制造出让人惊犹鬼神的鐻，其最大的秘密就是忘我与凝神。木匠叔叔没有结婚，即使有人问及也毫不在意，在劳动中"独自哼着曲调，没人能听懂他咏唱的意思"，这不正是一个忘我的艺术创造者在现实中的境遇及其对待现实的态度的象征吗？"大海的欢乐和宁静"，这不正是一个凝神于创造的艺术家的自由与幸福的心灵境界吗？这首诗形式上颇为简朴，但并不简单。整饬的诗行也不显得呆板，而是形成对木匠劳动的一种巧妙的象征，同时这种形式上的整饬与叙述中表现出的劳动的自由与欢乐构成一种张力关系，似乎在暗示我们：真正的艺术只有在限制当中才能抵达自由境界。因此，这首诗不仅是一幅"木匠画像"，同时也可以理解为一种诗学表达。（刘康凯）

老青岛

/欧阳江河

二十年前的天机神遁
哪是量子男孩掐指可算的
幽灵的眼,输入计算机也是闭上的
有手,也摸不着一灵万身的鸟群
陀螺的茫然心事,将鞭影的旧人
变得沾染,像是灵中所见
知止,这风中之我的落叶纷纷啊
二十年的省略,所能企及的是谁呢?
莫奈花园:谁是你的良友和远人?
谁会在万古的天边外等着
只为看一眼一百年后的眼前人
与老青岛,是不是处在同一刻漏?
纸上的此刻,要是叠起来摞起来
会比红尘更多虚掩,也更快地变老
会交代一些从未发生的悬搁
重新改写信件,时隔多少年了啊
神不在乎量子男孩进门时是谁

只在乎他出门的时候不是谁

敲门声如盐如雪，门后面的声音

拖长了影子说：抱歉，查无此人

退信人的原址几经拆迁，落座处

原貌已非原神，一脸大海戴上口罩

人群从鱼腹深处、从空镜头往外涌出

海鸥是轻盈的，但波浪变成铁打的

（选自《诗刊》2021年12月号）

评鉴与感悟

　　欧阳江河的语言充满智性的趣味，有着对道的独特体悟，和中西艺术典故不着痕迹的运用。为了读懂这首诗，不妨先抽出两句："只为看一眼一百年后的眼前人／与老青岛，是不是处在同一刻漏？""神不在乎量子男孩进门时是谁／只在乎他出门的时候不是谁"，大意是说经历了沧桑变幻后的"眼前人"，与"老青岛"已不在同一个时间维度。且不细究"眼前人"是诗人自己还是某个朋友。"量子男孩"，根据"量子纠缠"，当是诗人在时空深处的另一个形象。神不在乎你的出发点是什么，只在乎你最终成为什么。"不是谁"，拒绝了什么，这才是"去成为"（to be）的真实含义啊。"门"，也是很关键的词。有了这两条线索，此诗就不缺情景和主题。其余的，需要一句句地爬梳。此诗的前六行大意是说，二十年前尚不可知的情势（天机神遁），不是量子男孩有限的"幽灵的眼"看得透的。现代诗常用幽灵指代语言活动，这是但丁和波德莱尔的传统。这不可知的大势，用计算机算不出，用意象或情景（一灵万身的鸟）也捕捉不到。"陀螺的茫然心事"，忙于生计的心境；"将鞭影的旧人／变得沾染"，陷于世俗心境，也影响了折腾词语（鞭影）的"过时"的诗人。"知止"，语出《大学》："知止而后有定，定而后能静，静而后能安。""这风中之我的落叶纷纷啊"，隐含了杜甫的晚年形象："无边落木萧萧下，不尽长江滚滚来。""二十年的省略，所能企及的是谁呢？"二十年后，即使用量子男孩去理解，也找不到可以对话的人了。"莫奈花园"，当指莫奈不理睬艺术潮流的风云变化，一心画他的睡莲的晚年，他在20世纪40年代末又横空出世，跨了五六代艺术家直接影响了抽象表现主义。那么，"谁是你的良友和远人"就好理解了。欧阳江河虽然抱怨天机神遁深不可测，但还是有一个艺术家的自负和信仰的。后面还有重新改写信件、敲门、门后的影子说话等情节，这首诗的内涵非常丰富。"海鸥是轻盈的，但波浪变成铁打的"，轻盈的海鸥代表某种浪漫的生活态度；波浪，时间或大海，"变成铁打的"，这是对道的认知和敬畏。（李建春）

荒废

/潘洗尘

四十年前我在这个国家的北边
种下过一大片杨树
如今它们茂密得我已爬不上去
问村里的大人或孩子
已没有人能记得当年
那个种树的少年

四十岁的树木已无声地参天
我也走过轰轰烈烈的青春和壮年
写下的诗赚过的钱和浪得的虚名
恐怕没有哪一样再过四十年
依然能像小时候种下的树一样
可以替我再活百年甚至千年

于是四十年后
我决定躲到这个国家的南边儿
继续种树

一棵一棵地种各种各样的树

现在它们有的早已高过屋顶

有时坐在湿润的土地上

想想自己的一生

能够从树开始再到树结束

中间荒废的那些岁月

也就无所谓了

（选自《诗刊》2021年11月号）

评鉴与感悟

洗尘诗的光彩来源于人生的光彩，精髓在于诚挚，诚到深处，自然有风格。行万里路与读万卷书在洗尘身上不知哪先哪后，不过这都不重要了。我读过他很多诗，很少有厌倦的感觉。如果是写得太密集了，我们也只能发现情绪、情感的某种单调，就像成天看一个人一样，而不是"贫乏"和"为写而写"，这是洗尘从来没有的。这首诗像他别的诗一样，是说一个真事儿。之所以长一点，是因为内涵太深，出现了三个有意味的阶段，并形成一个自然的结构。分别是：四十年前种过的树、四十年中做过的事、四十年后又开始种树。无悲无喜，只是事实。杜甫有一句诗："老去诗篇浑漫与，春来花鸟莫深愁"，说的就是这种情况、这种境界。关于种树，我想起德国艺术家约瑟夫·波伊斯1982年开始做的作品《7000棵橡树》，他计划用五年时间在一个城市亲手种七千棵橡树，由于他1986年就去世了，该作品是由家人于次年替他完成的，因此那是他最后的作品。在种树这个决定上，潘洗尘与波伊斯是同样的情感、同样的观念："想想自己的一生/能够从树开始再到树结束/中间荒废的那些岁月/也就无所谓了"。

（李建春）

安慰

/潘新安

我有一个朋友
下岗，离异，双亲年迈
儿子还在上学
我总是选
在我心情阴郁的日子
去看他
对我的到来他心怀感激
离开的时候一直送我到小区门口
他说谢谢我
一直以来这样安慰他
他不知道
其实，是他
安慰了我

（选自《江南诗》2021年第2期）

评鉴与感悟

诗歌有强烈的自传倾向,并相应呈现出诗人的自我形象。或可以说,诗人对自我形象的建构已然经过一番私下挑选和抉择。我们也习惯了各种诗人形象。《安慰》以一个颇为新异的形象让人惊喜:一个"不厚道"的友人。他假借安慰朋友,实则从其不幸境遇中获得安慰。这种隐秘心理被一首第一人称叙事诗赤裸展示出来,我们不禁震惊并低头自问。

这首诗平缓低沉的声调与颠覆性的诗歌形象之间构成了强劲的张力。这种声调是坦诚的:它属于忏悔者。其"罪"有多深,取决于朋友的误会有多重。在一首短诗中,诗人让误会通过前后对比得到了充分展开:在前半部分,诗人简短但全面地概述了朋友的不幸,后半部分从言辞到举动细述其感动。"一直以来",诗人都是从朋友的重负中获得宽解,同时接受对方的道谢。一首诗帮他完成了一次忏悔。(纪梅)

凌晨记

/皮旦

童年没哭过的人，长大后总是偷偷地痛哭
因为他哭不好，怕人听见
一生无论短促或漫长，都是童年的反映
今夜有人在我的梦里哭了又哭
不是一个人，而是很多人一起哭
这算不算公开地哭
如果算，可是我不说出来又有谁能够知道
好在童年的我喜欢不停地说话

2021 年 12 月 12 日

评鉴与感悟

皮旦也写事实，但皮旦所写的事实，与伊沙写的不一样，与盛兴写的不一样，与管党生的、心地荒凉的，都不一样。他所写事实，半悬空。先在心里扭了又扭，这四扭五扭，诗比较调皮了，且也巴适了。（紫丁）

匮乏的春天

/ 荣荣

在物资匮乏的年代，
春天还是带来了一些东西。
比如屋边墙角，
青草细密得如同一篇怀旧的
蝇头小楷。蚂蚱会突然
停在空中，它的青绿在渐渐转向

泥黄，一丝淡淡的黯然。
远处的那抹云彩，
在很轻微的风里消散。
一只早春的燕子飞过，
翅膀剪开内心的寂静。

孩子穿着朴素的旧衣，
木壳枪缀着闪亮的红缨。
他的眼里有蚂蚁一行，
那是他精心饲养的军队，

此刻，那帮兵们正集体背负着一只绿蝇。

午后的宁静随阳光移向
石阶，晒场，河廊。
月季花旁，彩蝶在更静地欢呼。
邻居的宝贝追赶自己歪斜的影，
细弱的短腿跑向巷子深处。

不远处，河水涨上来了，
够着了嬉戏的蜻蜓，
和窗前那双张望的眼睛。

（选自中国诗歌网"中国好诗"2021年第101期）

评鉴与感悟

对荣荣《匮乏的春天》诗旨的阐释或许有很多角度，但若将其视为对故乡风物的精致刻绘，则别有一番胜意，诸如屋边墙角细密的青草、悬停空中的青绿蚂蚱，以及背着木壳枪指挥千军万马的幼童，这些孩提时生活场景的生动再现，便是对远去故乡最好的追念，一如初见时那般美好，得以在汹涌洪流中觅求到可以宁静心安的寄托。（彭志）

夜歌

/ 桑克

每天早晨,我都会死去。
每天午夜,我都会复活。
这时的霓虹桥,也和早晨不同。
这时的小教堂,也和早晨迥异。
我指的不仅是它的形式,
也有它丰富而深邃的内容。
我活过来,眼珠狡黠地一转。
我活过来,脚尖轻弹,在空中相互敲击。
霓虹桥,一会儿一无所有,一会儿充满亡魂。
而小教堂,一会儿生出小树,一会儿生出玫瑰。
我在街上独舞。
第一遍鸡叫,或者Morning Call,我就死去。
决不迟疑,死去——等着再次复活。
死是容易的,复活也是。

(选自《江南诗》2021年第1期)

评鉴与感悟

这是一首以"幽灵"口吻写下的、充满虚无气息的诗作。从形式上说,每两行构成一个意义分节,且大多具有"对称"或"重复"的句式;同时,从开头的"死去—复活",到结尾的"死去—复活",又形成了一个更大的首尾对称结构。这造就了声音上的韵律和节奏感,也可以看成是在一个有限空间中舞蹈时的动作循环。

"幽灵之舞"需要时间(早晨—午夜)和地点(霁虹桥—小教堂),更需要动作和魔幻氛围之间的配合。"我活过来"以下四行是此诗的具体性的核心,它使得幽灵的生命变得可感、可触。"一会儿一无所有,一会儿充满亡魂"和"一会儿生出小树,一会儿生出玫瑰",这是氛围的魔幻性。"眼珠狡黠地一转"和"脚尖轻弹,在空中相互敲击",则带着非常细微的表情和心绪。看上去很具体,却增加了幽灵本身的虚无。

在"死去—复活"和"早晨—午夜"构成的永恒轮回之中,幽灵的独舞被赋予了无限性。夜晚于是笼罩在一种魔法般的光晕中。但诗的语言却异常清晰、简洁,这是对称句式的妙用。桑克很擅长运用对称句式(另外的例子如《短歌》)。对他来说,对称的两行如同舞者的双腿,它在动态的变化中始终有一种稳定的支撑感。(一行)

多余的夜

/ 商震

今晚的月光是多余的
深秋的风是多余的
蟋蟀的吟唱是多余的
一些晚开的花儿是多余的

蜜蜂飞去了远方
月光和风同时落进河水里
花朵和蟋蟀声在水面上摇晃
只有流水是有效的

水流在模拟蜜蜂的嗡嗡声
并加快了一些流速

（选自《安徽文学》2021年1期）

评鉴与感悟

商震老师的诗简洁、口语化,但有味道,耐咀嚼。这首诗采用的是否定法,一股脑把夜晚常见的意象一一否决掉,让诗味如月光一样水落诗出"并加快了一些流速"。他告诉我们,只有时间的流水是有效的和可持续的,什么蜂啊蝶啊、花啊草啊,甚至月光啊风啊什么的,都可看成存在本质之外的虚无之物。近年来,商震的诗越写越好,越写越深刻,越写越轻松,着实令人羡慕。你羡慕他吧,他就眯着小眼睛瞅你乐。是的,商震的诗能以寥寥数语捅见事物的底,眼角余波刀子一样闪现凛冽禅意。他的诗,在喧嚣的当下对我们有着警示与提醒,又暗含善意的温度。(李木马)

逮捕

/尚仲敏

逮捕在追捕之后
我曾见过一只猎犬
追捕一只野兔
那是很多年前的
一个早晨
雪下得很大
我还很小
几十年过去了
我的童年
其他都已经模糊
唯独这次追捕
一只狗对一只兔的追捕
在雪地
它们奔跑的样子
经常出现在我的眼前
而且异常清晰
当猎犬

把野兔死死地按倒在地
我想起了逮捕这个词
这个瞬间甚至
影响了我漫长的一生
在人群中
我时常保持着警惕
仅仅是为了
不要像一只兔子那样
轻易被一只狗逮捕

(选自《江南诗》2021年第三期)

评鉴与感悟

童年、猎犬、野兔、早晨、雪地、奔跑,这几个并列的意象,曾经被传统的抒情用烂。在传统感知范畴内及视野中,它们确实是诗意呈示,能够构成一种传统的诗意铁笼,乃至一度成为伪诗意表达的重要元素。但是,在这首诗里,这种诗意却被完全拆解掉了。这是因为它们在这里的出现,威胁到了真正的诗意,所以遭到了尚仲敏的无情拆解。这真正的诗意,即生命、自由与尊严,是远超表层诗意的深刻诗性,也正是真正阔大、深刻的诗意所在。因此,清醒与警惕就成了具有钢铁质感的冷诗意,也只有它才能真正捍卫深刻诗意。这也正是这首诗的震撼之处。(马叙)

灰鹤

/ 哨兵

自云梦古泽消失后,每个黄昏
都是最后的时辰。蹲在门口替灰鹤
疗伤时,除了这只鸟儿知晓
洪湖是大自然的幸存,我也认同
世界不过是悲剧。直到门前野荷塘
挤进来过夜的潜鸭,欣喜如
晚归的渔船。而夕阳又从云端上
下来,坐在湖底教育众鸟
如何爱上黑夜和寂静。但屋后芦荡
却一直在喧嚣,声音低沉
绝望,像溺水者不甘沉沦和灭顶
忙于呼号和自救。但我知道
那是鲩鱼,趁着天光
在抢食水草。我认得芡实
懂茳芷,因多刺和纤维
自云梦古泽消失前,免于
葬身鱼腹。天黑后

边洗完这只断腿，边与灰鹤

交谈：一个人可不可以凭尖锐和

柔韧，在洪湖

保全自身？但灰鹤

鼓动翅膀躲避我，漠视

人类的疑问。月亮出来后

她双目怒睁，双喙翕动，一直都在

呵斥，洪湖是乌有乡

故乡非救赎地

（选自《诗刊》2021年6月号）

评鉴与感悟

诗的素材取自动物世界，一种不太常见的大型水禽灰鹤。按常规的表达，在题材和类型上，这首诗的想象力的摆幅，既涉及动物诗，也牵涉咏物诗。诗的目光应该从外部从各个角度投向对灰鹤的意义的显露。但诗人并没有依循常规的路径，而是采取了迅猛的风格，直接将这首诗的审美情境夯实在内心的戏剧中。从叙事的策略上说，它完全没有堕入意象诗的老套，而是演变为一首包含着隐喻张力的戏剧诗。诗的情境是由潜在的自我对话构成的，它从灰鹤的生存境况一直延伸到诗人对自身的生命处境的辩驳。诗的结尾提到了"救赎"一词，表明这首诗在意图上具有相当严峻的主题指涉。"洪湖是乌有乡"，已远非救赎之地。

这当然不是一种简单的否定，而是借由对灰鹤的考察，诗人试图对人的条件发出更清醒的诘问。现实中，灰鹤的生存境况堪忧。但这种焦虑尚不足以支撑起一首诗的否定性。如何理解这首诗中的悲剧意味，需要我们对诗人的措辞手法做相当精细的体味。诗中的否定色彩，可能并不如它在字面上传达的那样，被草率地归于一种尖锐的情绪。与其说这首诗诉诸某种直白的否定性，莫如说它的表达更着眼于一种深切而无奈的痛感。如果仔细体会的话，不难注意到，这否定性的宣示者，并不直接来自人的舌头，而是源于一种巧妙的修辞设置：它是由大型水禽灰鹤发出的。换句话说，它是来自天上的声音，里面多多少少包含了天怒的成分。它既针对"大自然的幸存"，也针对着人类对自身行为的反省能力。

再回过头去看。诗人对飞禽种类的选择，不得不说，展现了一种近乎天然的把握能力。写作中，诗的素材的挑选，最能反映一个诗人的观察力是否精准。这首诗中，灰鹤如果被换成其他的水禽，诗的效果恐怕会打很大的折扣。比如，如果诗的主体意象，来自野鸭，或体形较小的鸟类，那么这首诗所包含的训诫意味，就会显得有点玄虚，分量不够。相对诗人采用的抒情策略，灰鹤这一意象的选取，在这首诗中，可以说是无法替代的。而且稍稍了解一点中国文化的古典意象，就知道，灰鹤在中国的古代典籍里，绝非等闲之辈。它是上过《史记》的具有原型色彩的大鸟；千年以前，就被古人视为"长寿鹤"。

本诗中，灰鹤的主题指涉，和这一意象本身具有的象征色彩有着密切的关联。这首诗的意图时刻影射着对生物环境的深深忧虑。诗人在对这首诗的象征寓意展开的布局里，也很巧妙地反复运用了灰鹤的生存际遇和人类的生存状况之间的隐喻关系。比如，诗的开篇，就指向了对命运的暗示。昔日浩渺盛大的"云梦古泽"，如今已消失在今人的地理视界中。这是对危机的暗喻，也是内在的精神创伤的尖锐的提示。在此之后，今人的历史烙印可能都带有一种挥之不去的"幸存"意味。诗人说他"也认同世界不过是悲剧"，但读者不应过分纠结于字面的消极色彩。原因有两点，首先，悲剧意味更鲜明地指向了一种反讽，它包含着对人性的贪婪的先知般的讥刺。其次，这首诗的另一个重大的意图指涉，在我看来，它仍然指向了人们在寂静的黑夜里展开自我疗伤的可能性。所以，从对话情境上讲，我和灰鹤的对话，鲜明地指涉着自我和灵魂的对话。（臧棣）

废墟

/沈苇

人哪,当你终于懂得欣赏废墟之美
时间开始倒流
向着饱满而葱郁的往昔

人哪,当你老了
会像一间老屋倒塌,消失
你步履蹒跚,如同婴儿学步
不知是在走向摇床还是墓地

看哪,枯树也在春天重整旗鼓
一座废墟渴望成为一座完整的建筑
一座宫殿,一个王国
一个传奇——又一次一千零一夜的开始

听哪,亡灵们已开始劳作
以木乃伊的身份,在沙漠中奔走、呼号:

"我的血,我的肉,我的家园,在哪里?"

(选自微信公号《特别关注》"周三诗荟"2021年3月24日)

评鉴与感悟

古今中外的文人对废墟多有感叹,在这里,他浮想联翩,感慨万千。第一节,写废墟之美在往昔。废墟之美,美在它承载着历史的记忆和岁月的光芒;废墟在成为废墟之前,它有过繁荣,有过昌盛,有过传奇;它现在荒废了,可它的过去"饱满而葱郁"。诗人将"往昔"通过修饰隐喻成了一棵高大的树冠,拓展了读者的想象空间。

第二节,写人衰老的生命也是废墟。你衰老了,你与婴儿不同的是,婴儿走向的是"摇床",你走向的是"墓地"。运用选择句式"不知是……还是",以增强诗歌的内涵。或许,衰老渴望年轻,死亡是另一种新生。

第三节,写废墟渴望重新开始。当"枯树"重新焕发光彩的时候,一座废墟的内心也涌动着生命的期待,渴望成为"一座宫殿,一个王国"。

第四节,写亡灵渴望有血有肉的生命。木乃伊是人的废墟,它们的灵魂"开始劳作",为的是能够重新复活。所以,整个世界几乎都能听到它们的"呼号"。这惊天动地的声音,来自大地的深处,来自生命的内部。

它给我们的启示是:连木乃伊都在呼唤生命,我们这些有生命的人就要更加珍爱生命,让生命焕发光彩,充满意义,既血肉丰满,又灵魂丰富。

这首诗具有三个明显的特点。一是充满人生的慨叹和惊喜,诗节开头的"人哪""看哪""听哪",既引出本节内容,又标识诗歌表情。二是多种修辞的综合运用,比喻、拟人、反复、排比等多种方法兼用,增强了表达效果。三是内涵丰富而深刻,全诗由此及彼,由物及人,最后落脚在人上,可以给我们诸多体味和启迪。(李汉超)

落日

/ 宋朝

凡在高处的事物
都有一个不太确定的结局

凡有光之物,皆有阴影,皆有与之对应的
边缘和芒

凡我们所爱,皆是人间至美的

当日头西斜,大地苍茫而哀伤
当我归去,乌云深处有人家

(选自《江南诗》2021年第4期)

评鉴与感悟

　　有时，换个角度看，会另有所思。这诗言简意赅，也言之有物，明显的主观表达，"我"对世界的审视及判断，当然也是对"自我"的定位。然太主观，难免武断——主观性和自我感，如果含蓄婉转——这本来也是诗歌的常规表现方式，会否更有艺术效果？当诗缩如枯枝结构状，一方面它对应于枝叶纷纭的茂密状，可以另成风景，同时亦会导致某种枯燥。命名的前提，需要解释说明，过于主观，难免绝对，隐约的"诗意"会显得板结，一首诗就会成为一种理性覆盖感性的教条式僵局，有形，却欠缺了丰润。就此首，这么看：日（月），高处（低处），有光之物（无光之物），所爱（所恨），以及归去（离开）……它就成了另首诗。而当日头西斜，大地苍茫而哀伤，诗人这么以为，鸟倒不一定这么想!？这里，只是有感而发，并非说这诗"不好"，只是我也提醒自己，主客平衡，审美或会有新的拓展，一首诗的抒情度、共情力或也变化更多？（赵卫峰）

小时候的月饼

/ 宋心海

之一
大哥负责给我们发月饼
他用拇指和食指
夹住一块月饼
轻轻地，掰

弟弟妹妹，每人一小口
他也在咀嚼，很香的样子
后来我们知道
他一口没舍得吃

再后来，有足够多
他也不吃一口，妈妈说
他已经不会吃月饼了

一直到五十岁
得重病，离开了

也没吃过，一整块月饼

之二
在一张大黄纸上
一笔一画，小心地
画一块，小时候的月饼

用一行小字，右下角
写明：豆沙馅
我们吃过，大哥喜欢
却忍着没吃

用火烤熟，点燃了
我如释重负
好像大哥，终于吃了
一块月饼

（选自《猛犸象诗刊》2021年9月19日）

评鉴与感悟

对《小时候的月饼》推荐理由有三：一是看到诗中艰涩的月亮，有共鸣。看题目，心思全在月亮上。诗中也无一文字说的不是月亮。明说月饼，实则月亮，挂在小时候的天上。那不是一轮满月，而是有所亏，有所缺，又在云中雾里的山村的月亮。可她又那样金贵，明晃晃地照亮人间。二是看到了贫寒人家一幅悲欣画，有感触。诗人不是在作诗，实则在作画。大哥在分发月饼，弟弟、妹妹和我，在急切地等分到的一份。可大哥在"轻轻地，掰"，一个"掰"字，动人地写出大哥内心的万千愁绪。似乎看到大哥的慢动作群像，他的拇指和食指夹住的是一块月饼，更是贫寒人家的生活。而那虚拟的甜，是"他也在咀嚼，很香的样子"。这推之不去的镜头，从小时候开始，应该就成为让诗人泪雨滂沱的定格。三是看到一张黄纸上点燃的心，有疼痛。诗人在叙述一段过往，"他已经不会吃月饼了"。接着，诗人神思奇崛，"在一张大黄纸上'画一块'豆沙馅"的月饼，以至于最后点燃。诗人点燃的不是黄纸，也不是月饼，而是一颗炎黄子孙古今不变的思念之心。此种怀念，既有月光，又有火光，也有诗人不熄的泪光。

用火烤熟，点燃了
我如释重负
好像大哥，终于吃了
一块月饼

结束一节，现实与虚幻联通，大哥"终于吃了一块月饼"，这是诗人最大最美的心思。至此，一首不繁复的小诗，达成了谓之好诗的全部理由。我愿意读和推荐，只因从诗中看到了小时候的月亮照亮了我，和我的乡村生活。（三姑石）

菠菜地

/邰筐

如果我有一小片地
我最想种的就是几畦子菠菜
我就可以在每个周末
煮上一大锅菠菜汤
把全北京的诗人们都叫过来
就菠菜汤喝二锅头
喝醉了就发发牢骚吹吹牛
没人捏你的小辫子，也没人记你的仇
把手机关掉，把时钟调慢
让心灵找到陶潜牵牛耕田的节奏
这个念头一旦出现，就让我有点急不可耐
从天安门到天通苑，从朝阳区
到西三环。我首先要找到一块
还没来得及被水泥吃掉的泥土
一个夜晚，我穿过无数条街道
又绕过几个高架桥
突然就找到一片废弃的工地
有几个晚上我要去松土

就找来了铁锨和锄头

我像一个经验丰富的老农

还弄出了整齐的垄沟

春不误种，秋不误收。我很快就收到了

老父亲寄来的一包菠菜种

可接下来的无数个日子

我却再也找不到那块地了

还是穿过那些街道

还是绕过那几个高架桥

我整好的那块土地，它神秘地消失了

实在是没有别的办法了呀伙计

我只好把这包绿油油的菠菜种

全都埋进了自己的身体

（选自《猛犸象诗刊》2021年10月13日）

评鉴与感悟

邰筐的诗有一股不能拒绝的豪爽劲儿，持续不断地从文字间弥漫出来。这应该和他的为人一样，就像与他紧握着的双手，能感受到他向你传递着有清晰轮廓的温暖气息。

今天，与大家一起细读下《菠菜地》。

这是一首有邰筐式特征的典型诗作，用词、表现方式，都很感性和外在，调侃、夸张、魔幻等各种手段掺杂其中，稔熟运用，似时刻在与读者做着接近或者拉近的努力。

这首诗是在"现在的现在、过去的现在、未来的现在"这"三个现在"之间，由诗人在一张纸上制造的矛盾冲突中达成的诗意。我们从三个层次来进入，细读。

第一个层次停留在"现在的现在"的言说上，可以看成是诗人自语式的真诚表达部分。

如果我有一小片地
　　我最想种的就是几畦子菠菜
　　我就可以在每个周末
　　煮上一大锅菠菜汤
　　把全北京的诗人们都叫过来
　　就菠菜汤喝二锅头
　　喝醉了就发发牢骚吹吹牛
　　没人捏你的小辫子，也没人记你的仇
　　把手机关掉，把时钟调慢
　　让心灵找到陶潜牵牛耕田的节奏

　　"如果我有一小片地，我最想种的就是几畦子菠菜"，这是诗人乡亲或长辈的日出而作、日入而息的场域，是沉潜在内心深处的乡愁，也是我们梦到的、想见的，并将付诸追求和实践着的一小部分未来，或者叫小小梦想。

　　这一部分，诗人用层层递进的言说，把他的豪爽一股脑地都倒了出来。我们好像能感受到"煮上一大锅菠菜汤"的快意与放飞，"把全北京的诗人们都叫过来，就菠菜汤喝二锅头"的大声与释放。我们甚至还能听到"喝醉了就发发牢骚吹吹牛"的嘈杂与郁结。

　　诗人一定具有绘画天赋，他这是在画着一幅多唯美多青春多昂扬的画作啊！那线条多么松弛，那颜色多么火辣，那尺寸多么辽阔啊！我们能真切地感受到，能把全北京诗人都叫来的抒情诗人，尽情地在一张纸上挥洒激情，肆意地描摹着、咏叹着。

　　没人捏你的小辫子，也没人记你的仇
　　把手机关掉，把时钟调慢
　　让心灵找到陶潜牵牛耕田的节奏

　　这一部分最后，诗人放出了小秘密，也打开了他的真实与旷达。那就是我不仅要拥有最美的乡愁，还要在内心建筑起专属的桃花源，远离嘈杂、尾气、纷扰，好像诗人即刻就要躲进去了。而这往往是

"人人心中有，常常笔下无"的存在，可诗人无意遮遮掩掩，他要把心扉完全打开，不吐不快的豪爽，在此呼之欲出。

第二部分，是"过去的现在"的言说，可理解成在现实的困扰面前，诗人正试图冲破壁垒，进入到自我的重建节奏。

这个念头一旦出现，就让我有点急不可耐
从天安门到天通苑，从朝阳区
到西三环。我首先要找到一块
还没来得及被水泥吃掉的泥土
一个夜晚，我穿过无数条街道
又绕过几个高架桥
突然就找到一片废弃的工地

诗人这样表达着内心的急迫，"这个念头一旦出现，就让我有点急不可耐"。再急也不能离开现实的基础，也离不开自己所在的钢筋混凝土的北京。大大的北京，哪里可安放他小小的菜地呢？

于是诗人开始寻找的历程。"从天安门到天通苑，从朝阳区到西三环。我首先要找到一块还没来得及被水泥吃掉的泥土"。诗人在北京浸淫多年，熟悉北京，也深知自己的寻找之艰难，可他没有放弃，依然在苦苦寻找。苍天似不负苦心人，在"一个夜晚，我穿过无数条街道，又绕过几个高架桥，突然就找到一片废弃的工地"，这是一份窃喜，一份大成就似的存在。

有几个晚上我要去松土
就找来了铁锹和锄头
我像一个经验丰富的老农
还弄出了整齐的垄沟

诗人恍若回到从前，拿起心爱的家什，回归到他的乡土部分，重新确认自己引以为傲的农人身份，并展示他的拿手好戏，"还弄出了整齐的垄沟"。

这一部分，是诗人现在的设定，明知不可为而为之的假设。明知倏忽逝去，但却要重新来一场酣畅淋漓的情景再现，以这样的方式达成诗意，在"过去的现在"里沉浸，不能不说有一丝悲壮在其中。

最后一部分，写的是"未来的现在"。诗人似在字里行间释放着不管现实多么残酷，也要种好未来菜园的从容气度。

> 春不误种，秋不误收。我很快就收到了
> 老父亲寄来的一包菠菜种
> 可接下来的无数个日子
> 我却再也找不到那块地了
> 还是穿过那些街道
> 还是绕过那几个高架桥
> 我整好的那块土地，它神秘地消失了
> 实在是没有别的办法了呀伙计
> 我只好把这包绿油油的菠菜种
> 全都埋进了自己的身体

那块理想田园，在诗人睁开眼睛、梦醒的一刻，会注定飘忽远去，实不可见也。"我很快就收到了老父亲寄来的一包菠菜种，可接下来的无数个日子，我却再也找不到那块地了"。

这块地哪去了？有必要认真细说。一是他本来就是诗人的现实假定，是诗人画在一张纸上的饼，借想家的时候充饥，找不到是因为其实不在也。二是这里通过"我很快就收到了，老父亲寄来的一包菠菜种"这样的描述，表达、宣泄真正存在的菠菜地在很快的时间里消失的无奈、无助、无力的情绪；是对乡愁渐远、工业化城镇化速度发展太快，与人们的心理错位失位移位带来不舒适感的抵触表达，或者说是不可调和的一对矛盾在诗意中进行了一场没有硝烟的战斗。

> 实在是没有别的办法了呀伙计
> 我只好把这包绿油油的菠菜种
> 全都埋进了自己的身体

达成完美诗意的最后部分，"没有办法了呀伙计"，依然满溢着豪爽劲儿，可诗意光靠豪爽是不能达成的，这里诗人找准了一个"埋"字。"我只好把这包绿油油的菠菜种，全都埋进了自己的身体"。这是诗意的最好呈现，而这诗意，因一个"埋"字而荡气回肠，充满了凛然和决绝。读罢，让人过目难忘，似有余音绕梁、飞鸟三匝。（三姑石）

有些石头，已经参与了我的生活

/ 汤养宗

有些石头，已经参与了我的生活
我书桌的两块就是。一块来自
县城郊外的山岭古道上
另一块更远，曾是深山小溪里。
丧失语言能力的独处者
现在它们的生活我已经管不过来
除热烈的表情，还有
唯有我能听到的呓语或呵斥
它们以前死去的那一切，在我书房里
全又复活，并使用了石头自己的阴阳
作为大自然派来看管我的两个神
有时我写下一句话
会偷偷拿目光瞄一下它们的脸色

（选自《诗刊》2021年12月号）

评鉴与感悟

　　此诗最有意思的是最后两句，确乎有点心虚，仿佛对自己写下的诗句没有把握。诗人身上的孩童性也随这两句跳将出来，怯怯的样子。孩童性一直是汤养宗的性格特征之一，也是他得以持续几十年永不疲倦于诗歌创作的重要因素。当然，单有孩童性也成就不了汤养宗，还得有冷峻、深邃的哲学性居住到他身上。哲学性保证了汤养宗诗作在日常的维度中得以触及存在的本质和时间的重量。正如本诗中的石头意象，孩童性的汤养宗怯懦于石头，哲学性的汤养宗却超拔于石头，一怯一超之间建立起了诗的观察、诗的思考，全诗便也丰富起来。最初石头是被动的，被诗人带回了家，一旦入室，由外而内，石头便适应了新的环境，变被动为主动，开始参与诗人的生活，主要是创作生活。梳理石头在中外传说中的历史，可谓资历颇深，它是中外文学非常重要的元素。古希腊有西西弗斯推石上山的石，上古中国神话有女娲炼石补天的石，石头得天地之灵气、得文学之滋养，早已具备神性，诗人既然把石头请进家门，便也是请进了两尊神，两尊自然和文学的神。他成为石头的倾听者、探究者，想复活石头的从前，这时诗人是主动的。他同时也成为石头看管的对象，这时诗人是被动的。诗人和石头，不断交换着各自的身份和视角，但终归还是石头占了上风，如果诗人想继续写作，就得掂量自己写下的每一句话是否经得起石头的审视。我理解此处的石头其实已经是自然的法则和石头所携带的中外文学基因的象征。诗人面对着的已不仅仅是简单的石头。

（安琪）

弗罗斯特与我

/唐力

1

他一定在等我,一同前去牧场的
最深处,那儿有一处泉眼
被落叶覆盖,他拨开了落叶与枯枝
用苍老的双手掬起一捧泉水
让我啜饮。于是我埋首于他的掌中
轻轻饮水。我鼻孔的气息吹起细微的涟漪
他手中的水,一点点地从指缝里漏下
自我宁静的影子

2

黑夜、马匹、冰湖、辔铃
他站立在一座树林的面前,注视着
雪花飘飞。而我站在词语之外
隔着一页纸张,看到
一片雪花,落到他头发的深处
就如落入另一座森林

他注视的这座黝黑的森林，不是他的
也不是我的。虽然我拥有
这本诗集。但我也不能据为己有
在今夜，我们俩都不能入睡
都还要走很远的路，他得牵着
犹疑不定的马，沿着
雪花飘舞的道路，一直走下去
我得找一些的清洁的词语
洗涤我的灵魂

3
他曾面对两条道路，犹豫不决
他最终踏上一条道路，却把
生命和梦幻，回忆和遗憾，全都交给了
另一条道路：内心永远萦回，永难忘记的道路
我也曾面对两条道路，但我同时踏行：
肉体奔向一条道路
精神奔向另一条。两条
完全不同的道路
却都让我历经沧桑，遍体鳞伤
而最后，它们都抵达了同一个
错误的终点

（选自《朔方》2021年第1期）

评鉴与感悟

此诗中对自然景物的想象丰富了作者与诗人弗罗斯特单独共处于时间之外的氛围，使其变得沉静、融洽、不言自明。

第一诗节末俯首啜饮泉水的画面中，由鼻息吹起的涟漪和作者

"宁静的影子"是一处很好的动静对比；在第二诗节中，落在头发深处的雪花和面前漫长无期的路则巧妙刻画了瞬间和久恒。变换与静止、短暂与持续之事物的共存是诗歌中除色彩、味道和声音外最生动的意象。作者在勾勒前两幕富有深意的场景时，将这些文字的隐藏潜力运用到了自己的诗歌语言中，为最后一诗节所探讨的共时概念增添了艺术性的美。

　　这首诗的结尾不仅仅是对弗罗斯特的《未选择的路》的致敬，更是在对弗罗斯特的价值观及文学理想感同身受之余表达了作者更深一层的理解和内省，即唤醒一位诗人的、存在于人类物质与精神生活内无解的矛盾、怀疑、苦难和欲望，是无论投身于具象的、平庸的事业还是追求更加抽象、壮丽、遥不可及的纯粹诗意都难以避免的。然而在这样的领悟下，作者仍愿正视自己无尽反复的困惑和失落，并努力寻找其中的意义。（刘楚桐）

寻魂

/王单单

阿铁　男　21岁
1995年农历七月十四日
于四川西昌打工
溺水而亡　十多年来
魂散远方　尸骨未还
离开故乡时
身着的确良短袖
旧牛仔裤　破解放鞋
身高170厘米　面黄肌瘦
尖下巴　爱笑　操镇雄方言
但凡死去的亲朋好友
请在阴曹地府帮忙寻找
若遇之　望转告
他的母亲
现在老了

（选自中国诗歌网"中国好诗"2021年第99期）

评鉴与感悟

在王单单的《寻魂》中，诗人恳请"死去的亲朋好友"替自己在阴曹地府寻找一个连姓名都模糊不清的镇雄打工者阿铁，其原因则是因为"他的母亲/现在老了"。读到这两句，相信没有读者会再去责备诗人对阿铁在世时样貌行状絮语般的描摹，诗人的笔触有多细致，老母亲的哀痛就有多深沉。（吴辰）

夜抄维摩诘经

/吴小虫

如果可以,我的一生
就愿在抄写的过程中
在这些字词
当我抬头,已是白发苍苍
我的一生,在一滴露水已经够了
灵魂的饱满、舒展
北风卷地,白草折断
我的一生,将在漫天的星斗
引来地上的流水
在潦草漫漶的字体
等无心的牧童于草地中辨认
或者不等,高山几何
尘埃几重,人在闹市中笑
在梦中醒来——
我的一生已经漂浮起来
进入黑暗的关口

而此刻停笔，听着虫鸣

（选自微信公号《诗眼睛》 2021年11月30日）

评鉴与感悟

  一眼看中这首，我相信直觉，有时候直觉，比评论家更让人信任。这首带有知识分子气质的诗歌，情感复杂，写得隐忍、固执，既有宁静的绝望，亦有看破的洒脱。而我认为一个蓬勃的青年，老死于故纸堆，乃一大悲哀。好在兄弟出世之后再入世，比很多人多了一份淡然、自在。（李文武）

带刺的植物

/ 伍晓芳

林子里有香樟、楮树、木荷……
高大的树干伸向天空
我必须仰起头才能看见浓密的树冠
它们是森林的强者
撑起了一个隐秘纵深的世界

在世界的低处,我发现了
一些带刺的植物——
山莓结着青涩的果
金樱子的白花单薄而娇嫩
它们都低矮地匍匐着
用细小的藤蔓,攀缘于人间

还有菝葜,枸骨,都有着尖锐的部分
捍卫微弱的尊严
就像一个柔弱的人,用冷漠的目光警惕来者
我本能地弯下腰来和它们对视

告诉它
我也是一个从人群逃避到树林里的人

当我离开时
一根野蔷薇拉住了我的衣裙

（选自《江南诗》2021年第5期）

评鉴与感悟

　　这首诗写"我"进行树林的观察与感受。其独特之处在于，"我"作为一个"从人群逃避到树林里的人"，并没有笼统地去感受自然之美，并从中寻求自我疗救的力量；"我"敏锐地观察到自然界和"人间"一样，都是一个强弱分等的世界，但"我"并没有循此进行道德评判，而是表达出一种宽容的理解：因为强者"撑起了一个隐秘纵深的世界"，它们也是维持世界存在的不可缺少的力量。至于我眼中的弱者，它们"青涩""单薄""娇嫩""低矮""细小""柔弱"，甚至"冷漠""带刺"。但我作为一个逃离人群的人，显然更愿意与它们交流："本能地弯下腰来和它们对视"，向它们倾诉并寻求认同与接纳。诗作最后暗示了我的交流效果："一根野蔷薇拉住了我的衣裙"。这首小诗不仅是写对自然的感受，也是在写对人性的理解，因此颇有意味。（刘康凯）

在我的乡下

/ 小北

在我的乡下,还有骟匠
这很了不起
他们的手艺只做一件事
就是找雄性动物的睾丸,剔除它
动物们被骟后,一门心思长肉
活得很快活
这与木匠泥匠铁匠不同
他们削木头、糊泥巴,把一块铁敲敲打打
那些人中
只有骟匠让我感到害怕

(选自《江南诗》2021年第3期)

评鉴与感悟

　　同样是乡村手艺人,木匠、泥匠、铁匠,是创造者,是生活空间的构成者,这类手艺都具有建设者的品格,也由此生成了劳动美学。唯有骟匠,是残忍地去改变动物的天性而使人类获利,这个手艺,是人类生存文化中极端唯利是图并无所不用其极的明证,而太监文化也正是此人性之恶的延伸与变种。因此,作为一个诗人,必须天生对貌似了不起的骟匠持严厉批判态度,从而反思人性中的重大隐性之恶。害怕,是核心词汇,只有害怕了,才会警惕、反思,才会唤醒人性中温情、可贵的部分。(马叙)

夜晚的樱花

/ 小书

夜晚加深多数事物的困意
只有外环东路与新华路交叉口的
几株樱花醒着
路灯的光像某种智慧
照耀着它们

某种想传达给人的意义悬浮在树顶
简化为樱花之美

一阵风吹过
淡淡的香气像小火焰翕动起来
像有一阵善意
在所有花朵的默契中涌起

"没有祈求的恩惠
临到我。"
使我相信

远方的亲人在想念着我

（选自《江南诗》2021年第4期）

评鉴与感悟

喜欢这种貌似平静的叙述，似乎不动声色，更似乎内心充满素朴的情感，或说敏感。诗人的"遣词造句"让我在意，"醒着""困意"，用得好；夜晚，而樱花醒着，通过路灯的照耀，让诗人看见，不仅如此，诗人由此及彼，暗示或指出，思想或联想，一阵风吹过，花朵们，像"小火焰"翕动起来，便让人感觉一种自然存在的善意。这样的夜晚是平实的，也是自足的！其实一个个夜晚本来也是这样的。于此，诗人另有一种自在，即便恩惠难以祈求和降临，在路上，这些"小火焰"也让人充实，相信远方——当然，这个结尾我觉得"小"或常规了些，或者是作者有意如此，由此大约也能揣测其时的诗人心情和"退守"的潜意识。这是位很细腻的诗人，他正做着让陈词出新更新、让常用词有效激活的努力。相信以后定会做得更好，比如"智慧、恩惠、意义"，使用它们有时是危险和有难度的。（赵卫峰）

冬阳下的梨子寨

/ 谢宜兴

此刻的梨子寨有些慵懒
倦眼微闭,一副沉入金珀的模样
橘黄色的丝被盖在身上
已经翻身的姿势,舒适安详

有蜜蜂嗡嗡嗡地飞着,你看不见
花地,却见人们脸上开着花
天上倾洒下的一层蜜
薄薄的香甜可以揭下来,分享

多么温暖的孵化,你和寨子
有了发芽的冲动,身体里的每一个
细胞,都想伸出鹅黄的小手
摸一摸,这迷人的阳光

(选自《诗刊》2021年4月号)

评鉴与感悟

　　我不知道梨子寨在哪里,更谈不上去过,不过这不重要,重要的是诗人谢宜兴去过,还带回了梨子寨的消息。梨子寨很美,有着"沉入金珀的模样",何为金珀?金黄色的琥珀。梨子寨有花,很香甜,"天上倾洒下的一层蜜"。梨子寨在孵化生长,那是自然万物生命的律动。这首短诗如印象派画家笔下的一幅画,定格了梨子寨冬日阳光下瞬间的美和真。海德格尔说,瞬间即永恒。永恒存在于瞬间中,瞬间不是稍纵即逝的现在,而是将来与过去的碰撞。这首诗表面上写的梨子寨的瞬间美和真,实则写的是一个寨子将来与过去碰撞中永恒的诗意。于是,梨子寨如那个桃花源一样永存我心中,让我充满向往与想象。于是,这首诗让我看到了时间的阔大和天地间一个寨子永恒的美。毫无疑问,这是诗的力量。(石华鹏)

入梦宛如一次远行

/ 熊焱

每次从梦里醒来,都是从另一个时空中
回到了现实。有时我走得太远太急
归来时满身疲倦。有时我历经刺激的冒险
获得了意外的愉悦。有时我遭遇悲惨的变故
我哭疼了全世界的伤心……
当记忆在时间的弯曲中变得恍惚
我会忘记梦境。当记忆沿着时间的顺时针向前
我会想起梦境,仿佛人生只在眨眼的瞬息
如果我梦见了往事,那是我穿越时间
回到了过去。如果我梦见了陌生的场景
那是我在探寻时间无尽的边界
哦,生命是一场悲欢离合的苦役
命运从不怜悯这人生马不停蹄的艰辛
每次我从梦里醒来,都是从另一个时空中
回到了现实。山河有序,群星运行
我带着白发与皱纹,岁月带着沉默与生死

(选自微信公号《诗眼睛》 2021年10月21日)

评鉴与感悟

生命的要义一直是诗人追问的命题。人生苦短，总是无法彻底地认知这个现实存在的世界。当人们以混沌哲学为路径，确乎又有所接近与抵达。无论是庄子践行混沌的人生哲学，还是西方非线性混沌系统，在深邃缥缈的思想领域，一直使人困惑与迷茫。好在诗人熊焱，以一首《入梦宛如一次远行》揭开了这神秘的面纱，方便了我们深入的理解。

从悖论的角度看问题，执迷于对与错的二元对立已让我们苦不堪言。而在多维度的领域，现实与梦互为存在。当诗人"每次从梦里醒来，都是从另一个时空中/回到了现实。"在诗人枚举的数种从梦境转换到现实的情况来看，梦比现实更为真实可信："我哭疼了全世界的伤心……"诗人不是在进行梦的解析，结果并不重要，重要的是人的生命本体与灵魂分离与回归在不同的维度之中，所见并非所得。为什么说真理往往在少数人手里？因为人们常常见到的是真相的背面。如此仿佛在混沌无序之中逐渐清晰起来，进入宇宙观的大格局中。但是，诗人对时间进行扭曲，以非线性的维度去认知，又呈现出抉择的艰难："当记忆在时间的弯曲中变得恍惚/我会忘记梦境。"时间是疗伤的秘器，而忘却才是困境的解药。

让人欣慰的是，诗人不是纠缠在名利场的得失之中，而是对生命存在的可能性不舍昼夜地摸索。"回到了过去。如果我梦见了陌生的场景/那是我在探寻时间无尽的边界"，如此精神向度，使诗人的思想深邃有加。至此，诗人瞬间寻见了开启混沌哲学最为核心价值的钥匙："哦，生命是一场悲欢离合的苦役/命运从不怜悯这人生马不停蹄的艰辛"。具象是聚焦的，但它直抵人生的哲学命题。不是每一个诗人都能站在这个高度的，虽然我们不可以小看风花雪月，但诗人的使命更应有精神的力道、骨骼的坚挺。当诗人以复调的形式再次感慨："每次我从梦里醒来，都是从另一个时空中/回到了现实"进一步强调了现实语境的客观存在。显然诗歌戛然而止是不够的，诗人还要将自己摆进去，将千秋岁月摆进去。当我们看到诗人的感叹："山河有序，群星运行/我带着白发与皱纹，岁月带着沉默与生死"无不让人肃然起敬。

在我心目中，诗人熊焱是一位低调而谦逊的诗人。遥想当年的川南诗会和尖山桃花诗会，我们多次相遇，在如此场合，他都甚为安静。然而当再次回味这首诗时，你会发现其思想的深邃、胸襟的辽阔、时空的穿越、结构的完整，以及辨析之透彻和精神向度的高贵都是极为鲜见的。这样的诗可遇而不可求，它以文本说话，以生命的顿悟发声，以灵魂之托而诗写，不是标杆胜似标杆。（空灵部落）

蒲公英:致传播学

/ 徐俊国

谦逊能让人变小吗?
小到蒲公英的种子那样,
创造一个小涡漩,
降落到穷人的院落里。
柳树、杨树、芦苇,
也依靠风传播种子。
美德也有升降自如的传播学,
风颠簸着陡峭的曲线,
反复强调生命的价值。
道成肉身之时,
万物获得了悲悯,
迎着暮色,脱下朝霞。

(选自《扬子江诗刊》2021年第2期)

评鉴与感悟

伦理与自然的问题历来是诗歌的恒久追问，徐俊国的这首诗既深耕在这一谱系的延长线上，又微妙地悬停，在我们体面如学问的当代，召唤出再求索的可能。

曾经，君子以蒲公英为肉身，"渺小"这一个姿态，几乎替我们回答了所有关于谦逊的问题，但当我们必须真实地面对那鲜有访客的"穷人的院落"，所谓"美德"者，当真能用自然的答案回答伦理的问题吗？"柳树、杨树、芦苇，也依靠风传播种子。"种子种下之后，"美德也有升降自如的传播学"，而"风"是唯一的研习者——一幅绝妙的后现代图景，在风的符号动力学中展开——不是人在行动，而是如风的美德本身在危险的质询中颠簸着荒谬的意义，当"传播学"的对象从道德主体转向玄兮渺兮的"美德"，人的价值行动早已消解为"美德"与"美德"之间的符号争战，透明的"风"掏空了"美德"的面孔，直到"陡峭的曲线"沿着万物的"肉身"展开，所谓的"道"，早已在"暮色"与"朝霞"相互肢解的骨缝里，迎娶了暧昧而明亮的价值之灯——生命。

整首诗从质疑出发，在蒲公英微颤的冠羽中，再次获得了对生命本身的确信——"道成肉身之时，万物获得了悲悯，"而悲悯是象征的降落，是灵魂与符号的肉身相连。（徐小冰）

哑境

/ 徐晓

数日没有开口说话，嘴巴已然丧失了
表露心迹的功能
只是机械地咀嚼、吞咽、叹气、咳嗽
时而生出伤口，疼痛，愈合
放弃一些无用的尝试
长久地闲置着。喉咙中偶尔的响动
令我感觉陌生和害怕
它要抵达何处？可有让人听见的必要？
每天我仍旧从人群中穿过，但不再张嘴
每天这个世界仍旧延续着它昨日的沸腾
一切都在按部就班地运转
只有我按了暂停键
只是徒然地听着、看着
拖着这具累赘的肉身，妄图
将一个又一个黑洞洞的白日坐穿

（选自《诗刊》2021年2月号）

评鉴与感悟

这首诗写出了一个自我隔绝于人群中的人转动不停的心理运行。全诗第一句紧扣题目，数日没有开口说话，请注意，数日，口在一个人身上，要不要开全凭自己。显然，这不开，是作者的有意，或觉得没有开口的必要，或因为找不到可以开口的对象。总之，不开口已有数日。倘若你也曾有过一人独处的时光，你就会发觉长久的沉默会带来茫然和抑郁，空气仿佛凝滞了一般让人窒息。更何况本诗中不开口的时间长达数日。往下读我们明了作者的不开口乃有意为之，她只是给自己按了暂停键，她依旧每天在人群中行走。她像在观察周遭，又好似自暴自弃。我们应该承认生活中是有这样的时刻，突然失去了参与世界、建构世界的激昂，活得迷迷糊糊，把每个白天当成黑夜。但这只是生命中的某个时段，多愁多思、莫名其妙的时段，过了这个时段就好了。人一生情绪的起伏，犹如潮涨潮落，对诗人而言，每一种情绪都值得记忆、值得书写。如果你也曾经历过生命中的哑境，你就能在对这首诗的阅读中获得共鸣并给予同情之理解。如果没有，那么祝福你一直活得那般清醒、那般勇往直前。（安琪）

完美

/ 轩辕轼轲

他把人群
趟成了
一条胡同
越跑越深
一抬头
看到了她
横亘在眼前
心下一惊
"真完美
死胡同"

(选自《磨铁读诗：2021年汉语先锋诗歌》)

评鉴与感悟

又是一首被轩辕轼轲写尖写绝了的诗。面对这种诗,能说什么呢?这就是那种轩辕轼轲灵机一动时脱口而出即成绝句的诗。哪怕是同样的意思,换个人写,也绝不可能像轩辕轼轲这样写得敏捷、轻盈、跳脱,绝无半点拖泥带水的笨拙。轩辕轼轲的语言,本身就是一种智力,一种生命力。(沈浩波)

我后面那个人

/ 颜梅玖

我身后的那个人,很快
超越了我
仿佛被谁驱使,走着走着
就跑了起来
我跑着跑着,似乎又
突然想起了什么
她逐渐
放慢了脚步
越来越慢
甚至完全停下来
一动不动地、呆立在
桑树的阴影里

我加快了脚步
她低着头
脸色苍白,像一个
细长的疑问

我快速超过了她
仿佛是一道黑暗
在她孤零零的静止中
我越走越快
仿佛要远离什么
仿佛那曾是我的一段生活
我没有回头
我只听见风
在陌生的街头
打着转……

（选自《猛犸象诗刊》2021年10月20日）

评鉴与感悟

读颜梅玖的诗歌，能明确地感受到她坚定地栖息在属于她的诗歌的一抹愁绪中。她用于言说的词语和句子，甚至构建的意象，并不险峻和超拔，但是在认真细读之后，你会惊奇地发现那里原本就隐藏着冰山和火焰。

这首《我后面那个人》，很容易让读者找到与诗人同频共振的点位，甚至会生出疑问："这不就是我吗？"带着这样的感觉去细读，自然就会很快进入一首诗。

> 我身后的那个人，很快
> 超越了我

表层或者外在上看，诗人的身后或许确实有一个人，一个实实在在的人，在我跑步、行走，或者想象中，很快超越了我。这是诗人形象化的现实设定。而诗人真正要表达的是理想主义的我，超越了现实主义的我。我们幼小的心灵一定会被理想的辉光照射到，这是成长的现实步骤，几乎概莫能外。

仿佛被谁驱使，走着走着
就跑了起来

我们一直相信能看到理想飞起来的影像。仰头望天，这是青春最美的期待姿势；加速奔跑，那是青春脚步的现实催促和律动。生活向好，爱情蒂落，事业发展……多么快意的畅想啊。而这些，又在那么多关注的目光下，在他们的驱动或驱使下成长着、发育着、绽放着，有着不得不改变、不能不改变的无奈与痛楚。"仿佛被谁驱使"，这既是现实的言说，又是无奈的外溢。

我跑着跑着，似乎又
突然想起了什么
她逐渐
放慢了脚步
越来越慢
甚至完全停下来
一动不动地、呆立在
桑树的阴影里

写得多像我们的青春啊，像我们逝去的激情燃烧的岁月。任何的理想都要与现实打包围战、阻击战、歼灭战，最后才能取得有所突破、脱颖而出、化茧成蝶的累累战果。前进的征途中，我们要停下来，不得不停下来，停在"桑树的阴影里"，和桑树一起，哭泣、养伤、生息……

我加快了脚步
她低着头
脸色苍白，像一个
细长的疑问
我快速超过了她

仿佛是一道黑暗
在她孤零零的静止中
我越走越快

其实我们的成长，就是在与另一个自己交手、较量，甚至决斗。

现实的我只有赶上理想的我，超越理想的我，才算人生的赢家，或者说是命运的宠儿。"细长的疑问""一道黑暗"，这些都是我们现实中需要与之和解的部分。只有这样，才能"在孤零零的静止中，我越走越快"，实现与理想的整合与合璧，实现自我的蜕变与升华，实现青春的奔跑。

我们与诗人一起走在达成诗意的轨道上，诗人是你，是我，是他。

拨云见日，最后的诗意在两个疑问之后终于到来了，而且让我们感到，诗人与我们更近，更近了。

仿佛要远离什么
仿佛那曾是我的一段生活

这两个"仿佛"句，让诗意伤感地、小心翼翼地、怯生生地来到了一张铺开的纸上，深入到我们越来越辽阔的心中。如果到此戛然而止，或者意犹未尽，但也算是一首好诗相对完美的呈现。然而，诗人的执着引领她的笔触，控制诗的情绪没有停下来。

我没有回头
我只听见风
在陌生的街头
打着转……

我们仿佛看见诗人在陌生的街头，以一份果敢和决绝用力地与往事告别。没有回头，只有打着转的风，掠过耳边，好像在诉说着什么。而那诉说，让诗意变得更加浓稠。

可以说，诗人是在用一首诗紧紧地拽住了我们隐藏着的小小忧伤，好像没有松开手的迹象。她深深地陷在一首诗中，一段过往生活的泥泞中，她要引领着我们把过往的自己埋葬在一个明亮处。（三姑石）

三十六古街

/ 杨碧薇

我藏在海上红蜡烛里的忧惧,
被河内的冬阳,不动声色地擦去大半。
寰宇,在蓝棉布的拂拭下更新。
熟悉的恍惚感,照应了某年夏天,
槐树叶随风送来的畅想。

油盐、斗笠、针线盒……
每一样物品,各自获得一条街。
它们比我满足,清楚自己的诞生和去路。
若不是因为神秘的星云、不止的搅动,
我倒也可以把任意一处市井都认作故土。

我要在街边小店喝摩氏咖啡,旋即骑马去海防。
我会穿上轻盈的奥黛,
把没说出的话,旖旎在三十六古街
长长的光影下

(选自《诗刊》2021年12月号)

评鉴与感悟

从诗的题目看,诗的类型似乎和游记诗关系密切。"古街"勾连起异国情调和起伏的心潮。但读到最后,读者会发现,起伏的心潮借助人生的漫游,渐渐偏向对自我形象的勾勒。这首诗的出色在于,诗人通过自身情绪的把握,仿佛重塑了一个人和世界的新的关系。游记诗的看家本领在于对外部世界的观看。架设在旅行中的视角,在诗的传统中,一直被用作人的境界的打磨器。古代是这样,今天依然如此。因旅途的颠簸而不断变换的人生视角,对冲击人的生命惰性,往往有着意想不到的奇妙作用。所以诗的开篇,我们会读到这样的诗句:"藏在海上红蜡烛里的忧惧,/被河内的冬阳,不动声色地擦去大半"。如果没有深入到远方的旅行,"忧惧"会堆积在内心,愈演愈烈;但置身在走马观花中,世界的风景会不断冲淡内心的郁结。这里,所谓的擦拭,不过是重温了古已有之的信条,情景交融的生命印象具有神奇的治愈效果。

虽然智者们说过,太阳底下无新事;但并不妨碍人们依据自身所处的时代,得出更新颖的感悟:"寰宇,在蓝棉布的拂拭下更新。"世界可能是旧的,甚至可能是相当陈旧的,但在新的目光的作用下,通过擦拭(将热带的蓝天比作"蓝棉布"),作为景物的世界,也在不断更新它自身。这样的感受,当然也会渗透到诗人的生命观中。所以,诗人接着会坦白:人的恍惚感已了无新意,但穿越槐树,随风而来的"畅想",则绝不该被我们的生命意识所忽略。

诗的第二节,诗人的视角由远景回到近景。古街上的日常物品历历在目,亲切到一个人能细致地体会出一种差别:它们比我们,更坦然于是其所是。诞生与归宿,在这些小小的物品身上("油盐、斗笠、针线盒……"),都有一种非常得体的安置。对比很强烈,所以诗人接着借由一种感慨重塑了她的世界观:"我"在哪里,哪儿就是"故土"。重要的是,活出对世界的感觉,并通过无所畏惧的生命感觉,来达成一种生命的气度。

诗的结尾,呈现的是一幅更新了的自画像。它展露了一种独特的生命姿态。画面的打磨仿佛很休闲、很轻逸,却可能包含着深邃的告白:不管外部世界如何复杂,这个曾经在诗歌的境界中沉浸过的"我",将能葆有一种从容的人生态度:"穿上轻盈的奥黛","旖旎在……长长的光影下"。(臧棣)

绿皮火车

/ 杨黎

为什么我的梦里还没有出现过飞机
甚至高铁都没有出现过
我的梦里,偶尔会出现一列绿皮火车
但它瞬间就钻进黑暗的山洞
然后就再也没有钻出来过,直到昨晚
我在梦里看电影,电影里在演
一列绿皮火车,眼看着它就要钻进山洞
我很急,并急得醒来了

(选自微信公号《诗眼睛》 2021年12月6日)

评鉴与感悟

绿皮火车,一代人的记忆,绿皮火车代表了那一代的人的青春与激情,诗和远方,具有普遍性;而飞机当时属于少数人的交通工具,高铁属于90后、00后,不入梦亦正常。年轻时代的记忆总是那么的鲜明、深刻,而梦回青春说明追忆过往。人到了一定年龄,就开始怀旧了。这个梦特别的真实，真实得一点也不像梦，而是一代人诗意的青春生活。"我很急，并急得醒来了"，相信做过梦的人都有过同样的感受。（李文武）

"金沙,请听二十秒钟雨声"①
——给际根、王方

/杨炼

"金沙,请听二十秒钟雨声"
不写诗的际根　把我们的头
按进诗里

此刻在金沙　大雨
无尽灌入一只漆黑的器皿

二十秒　一个国家坍塌进
另一个国家　梅花鹿穿过水的树林
回头　瞪圆青铜的大眼睛
流逝的内涵从未溢出耳鼓的探方

二十秒　二十种历史的外语

---

①唐际根,商代考古学专家,长期担任河南殷墟考古队队长。王方,高古玉器专家,成都金沙遗址博物馆副馆长。2019年5月,金沙遗址博物馆曾举行考古诗歌之夜,活动中,大雨如注,际根请大家安静二十秒钟,静听雨声。由是,成为此诗缘起。

都响起哗哗声　我们所有的诗
从檐边飞泻　漏入一首黑暗之诗

雨声不容辩驳　它指认
看不见的湖　我们不认识杜甫
杜甫不认识一架玉琮梯子上
攀爬五千年的人形

金面具倒扣住同一张黑洞似的脸
听啊　异乡人　紧挨这场雨
我们已接住过多少黑色的时间？

还得再接住多少
黑　金沙大口咽下的今夜
沉积至我们胸骨　尾骨　一条阴刻的线
够长　够古老　迎着死亡的干涸
停在不可能更深的坑底

这间无限大的房子　只能等下一次发掘

（选自《江南诗》2021年第1期）

评鉴与感悟

读这首诗时，我最先注意到的是其中反复出现的两种颜色。第一种是金色，它在"金沙"这个名称中，又在后面的"金面具"中出现，并且我们可以设想"雨滴"也是金色的。这一明亮、闪耀的色彩，可以用作"当下时间"的比喻。第二种是黑色，它在"漆黑的器皿""黑暗之诗""黑洞似的脸"中被说出，并且成为"历史"这一"黑色时间"的比喻。这两种颜色之间的关系，就是诗所要思索的

"当下"与"历史"之间的关系。

诗人杨炼从突然下在金沙的一场大雨中截取了二十秒来写这首诗。历史和此刻，浓缩在二十秒钟的雨声中。金沙就好像古代留下的一个器皿，承载着落下的雨水。金色的雨水，又像是金色的沙子，它作为从沙漏中滴落的"此刻的时间"，注入历史那无底的黑色深渊里去了。

在二十秒钟的时间里，诗人进行着丰富的联想。有"物"的重叠：活的"梅花鹿"穿过"水的树林"，突然化身为青铜塑像。有"语言"的重叠：诗人用现代汉语写诗时，诗中的文字，与遗址中无法解读的文字混合，像是一首此刻的诗落入了远古的"黑暗之诗"中。此外，还有文明中"诗人形象"的重叠："我们不认识杜甫/杜甫不认识一架玉琮梯子上/攀爬五千年的人形"。这里出现了作为诗人的杜甫，和作为诗人的"我们"，以及在玉梯上攀爬的"文明"（中国人）之间的关系。

黑色是历史时间的底色。这首诗用一粒一粒的"金色沙子"来呈现"雨"，它落在历史这黑色、无底的器皿里。"金沙"作为遗址，其本身的空间是有限的，但历史时间的深度赋予了它一种无限感。所以诗人说"这间无限大的房子"。"金沙"似乎就是这个文明本身——每一个文明或许都是一间"无限大的房子"，它需要无数次的发掘。而当此刻的雨点像沙粒一般落进这个深坑之中，我们听到的，或许是我们自己成了其中一颗沙子时发出的轻微声响。（一行）

观看一只鹰的标本

/ 杨森君

把一只鹰射杀之后
制成了标本
挂在博物馆内
是对鹰的一种羞辱
应该把它
挂在天空

（选自中国诗歌网"中国好诗"2021年第103期）

评鉴与感悟

哪怕只是一只死鹰，我一向认为诗是"可视"的，它首先必须唤醒欣赏者"视"的愿望，也就是说"视界"的宽大与幽微决定了一首诗的纵向深度与横向的厚度。杨森君的《观看一只鹰的标本》就有这样的特点，他的诗常常在持续不断的可视中、不动声色的质疑中悲悯着、疼爱着，他对世间万物的察识与质疑是存于内心的大爱、一时无法消解而"渗出"的苦楚。他不愤青、不逆袭，他就想以一个诗人应有的良知,俯仰天地,珍爱生命:"把一只鹰射杀之后/制成了标本/挂在博物馆内/是对鹰的一种羞辱/应该把它/挂在天空/哪怕只是一只死鹰"。的确,好的诗歌总会夹带着缤纷的"时代本相"的信息符号,以及多义而微妙的"意绪景深"。(卢辉)

苹果内部

著/耶胡达·阿米亥 译/刘国鹏

你到苹果内部拜访我。
我们一起听到刀子
削皮，绕啊、绕着我们，小心谨慎，
以免皮被削断。

你跟我说话。我信赖你的声音
因为里面有锐疼的肿块
像蜂蜜一般
在蜂巢内凝成蜡块。

我以手指触摸你的唇：
那也是一个预言的姿态。
你双唇红润，烧荒的田地般
成了黑色。

它们全都真实不虚。
你到苹果内部拜访我。

在苹果内部，你和我一直待到
刀子完成它的工作。

（选自《猛犸象诗刊》2021年10月30日）

评鉴与感悟

以色列当代诗人阿米亥有着超拔的想象力、思辨力和创造力。他的诗好像生有一双翅膀，顽强地托举着圣经和犹太历史在飞翔。

实事求是地讲，《苹果内部》这首诗，我亦有似懂非懂之嫌隙，但我还是敲开了几道进入诗意的门。我如此坚定地认为这是一首好诗，来自他与我之间似有一种友好，于黑暗中我们握紧了手，并彼此感受微温。

第一道门。要从诗题"苹果内部"入手，这是必须抓住的要领。苹果内部应该是诗人构建的一个房间、一个空间、一个社会、一个宇宙、一个心房；还可以理解成是思想的一个通道、想象的一艘飞船，甚至是梦幻的一个空洞。不管是什么——

你到苹果内部拜访我。我们一起听到刀子
削皮，绕啊、绕着我们，小心谨慎，
以免皮被削断。

总之，我们要在这首诗的建筑里相遇，你与我要一起面对一把刀子制造的可能的伤害与恐慌。

第二道门。要确认苹果内部甜蜜的现实，也就是你到苹果内部拜访的不是一个苦涩、荒凉，甚至冰冷的情境，你与我面对的甜蜜确实属实——

你跟我说话。我信赖你的声音因为里面有锐疼的肿块
像蜂蜜一般
在蜂巢内凝成蜡块。

感觉苹果内部的甜蜜，不同于一般的甜丝丝的甜蜜，而是"像蜂蜜一般"，且"在蜂巢内凝成蜡块"。

第三道门。要问一问"你为什么要来拜访我？"我在苹果内部，甜蜜的包围中，

"我以手指触摸你的唇"——
那也是一个预言的姿态。
你双唇红润，烧荒的田地般
成了黑色。
它们全都真实不虚。

你作为观察者，来了解确认我所在的内部以及所面临的甜蜜。你作为拯救者，是来搭救我走出甜蜜的层层包围，让我走上清醒的堤岸。作为合作者，你欲与我，共同抵御掠夺我们幸福生活果实的入侵一族。

第四道门。聚焦"刀子"这一意象，它使甜蜜大厦面临风险、危险，以及最后——

它们全都真实不虚。你到苹果内部拜访我。
在苹果内部，你和我一直待到
刀子完成它的工作。

无疑，这刀子是破坏者，它正使拜访我的你，面临原来完整的苹果变成削后的苹果。同时，这刀子也是建设者，通过在建工程，它使一枚苹果呈现了完整的甜，而"在苹果内部，你和我一直待到，刀子完成它的工作。"

第五道门。你即我自己。诗人虚拟的另一个自己，为自己偷吃禁果，不能抑制诱惑，找一个推脱的借口。

第六道门。拜访者与我一起待到刀子完成它的工作。这又似在暗示，你是支撑我度过苹果在建期的救星帮手，或是主心骨、心爱的

人。总之，你有恩于我，而后又似离开，不带走什么。

有一种好诗，不必完全读懂，只要我们透过窄门见到其巧、其雅、其美和其神，便是好诗的材料。《苹果内部》好的材料尤其上乘，且多，所以我谓之为大好之诗。（三姑石）

老屋

/ 尤萍

白灰墙开始簌簌地掉沙
斑驳的罅隙长出厚厚的苔藓
野草扎在院中装饰荒芜
时光的年轮一圈一圈转动
年幼时脱落的乳牙
不知被藏在了哪片青瓦下
阿嬷白着头发在灶房里烧柴火
铺开的烤山芋，偷了夜的暗香
天老地暗，日晕苍黄
归乡的路爬满皱纹
三十年前旧时的月光
照进老屋的窗棂

（选自《坚果诗刊》2021年6月17日）

评鉴与感悟

　　我一直以为,怀旧是善良的同义语,一个对过往充满感情的人是值得尊敬与交往的,尤萍的这首诗就给了我这样的感觉。但凡有过乡土生活经历的人,都有大同小异的"老屋印象",而她笔下的老屋,却像是在成长中衰老下去的。山芋一样的老屋在地老天荒中与记忆的乡土融为了一体,化作了永恒。而那陈旧如新的月光,不正是远方游子在情感的天空对故园的深情俯望吗……(李木马)

一棵侧柏站在高原

/ 于坚

一棵侧柏站在高原
位于怒江与高黎贡山之间
黄昏一度将它的表面改成金黄色
就像刚刚被龙袍加身　它一动不动
在落日中　直到辉煌朦胧　直到看不出
是一棵侧柏　随风摇曳着　就像周边的
其他树　整理着自己　以备在黑暗里
不失去品质　它不会失去　它一直站在狮子座下
是光在变化　星光将要来到它的顶上

（选自微信公号《诗眼睛》2021年6月22日）

评鉴与感悟

　　《一棵侧柏站在高原》,就像一块压缩饼干,体积小,分量看上去也不重,如果读者在反复阅读中不断注入想象之水,它就会变得相对庞大和有足够的分量。有些诗歌看上去是一长段,阅读后挤出不必要的水分后,也就只有几句诗句还可以值得称道。而这首诗歌每一个句子都不能省略,像链条一样环环相扣,因为诗人的诗歌语言已经十分精炼。

　　开头两句是个场景,起势平常又不凡,很有画面感,仿佛一幅油画垂挂在眼前:高原上一棵侧柏,位于怒江与高黎贡山之间。三四两句既是写实,同时无疑又有人格品质的隐喻:独立,尊严,不为权贵所附加的名声动一点声色。接着,描述了时间的演变导致侧柏外在形象的变化,这种变化从落日来临开始,帝王将相辉煌的形象逐渐朦胧,直到变黑,失去原本的绿色,并随流俗的大众摇曳着。这既是自然光线的变化而产生的变化,也是内心历程痛彻心扉体验的陈述,隐藏,不动声色,又让人强烈震动。侧柏毕竟是侧柏,被黑暗改变了模样的侧柏看上去跟其他树木相差无几,但内在的品质不会失去,是的,它不会失去,所谓失去的部分只是光线变化造成的假象。哪怕在黑暗中,依然有头顶的星光垂青于这棵高大挺拔的侧柏。整首诗歌到此几乎没有任何一句废话,完成了内外交融的描写与陈述,既给人美的享受,又提升了内在的品质。(阿欧)

父亲

/余西

父亲在手机里，
说起远山与河流，
说起白露为霜。
电线上的麻雀
一无所想，仿佛这样
就能度过一个完整的冬日。

他说话的时候，
我在上班的路上。

他说起潮湿的谷粒
积压在门前。阴雨
已连绵数日。
与他同岁的近邻，
凌晨三点，
在睡梦中死去。

啊父亲，你不要停，
你应当继续说下去，
说起你的腰椎间盘突出
和高血压。
说起老年
是多么危险的职业。

不要沉默，不要
让我独自一人在上班的路上。

（选自《江南诗》2021年第4期）

评鉴与感悟

人之常情的认知与艺术化处理，一直是诗人与诗歌长期面对的基础性"练习题"，也是一个如何将常规情感与个体情感有机融汇、不断出新的语言过程。结果如何，体验及技术就很重要。这首诗相对巧妙，颇有创意，关于"父亲"，是通过"父亲"的叙述、通过"手机"这种很现时很日常性的交流工具，作者由此换位，旁观视角，客观呈现，惯常的乡土物、人、事在记忆里镜头般闪回，得到诗意的刷新。阅读伊始，我有种小心翼翼感，就是第一段内容看似"平常"，作者将如何推进？这么想时，第二段出现，平中见奇——不仅是指空间距离的设置，更暗露另一种"平常"，父与我，两种处境、环境通过"手机"对接，第二段及最后一段，安插得相当好，实际上起到了让诗双轨并进的作用。"在路上"，并非朝向"远方"，对于众生，就是"在上班的路上"，这正是另种现时的纪录，父在原地静待时光流逝，子在异乡身不由己……（赵卫峰）

植物在春天举起义旗

/ 喻言

一夜之间
它们就攻占了墙边与山脚
从泥土中伸出尖锐的刺
在树干上亮出锋利的刀锋
沿河岸扎下绿色的营寨
风中摇曳的花朵
是插在它们队列中的一面面旗帜
我果断推开窗子
举起双手
成为这个春天的早晨
第一批俘虏

(选自《诗潮》2021 第 8 期)

评鉴与感悟

写诗,很多时候是为一种感觉找到巧妙的叙述方式。这首短诗就是因为把春天返青的植物看成了"起义军",顺着这个"进军路线"夺营拔寨,攻占了诗的小小城池。好诗人,总能找到新的视角呈现自己的顿悟与发现,而且又能让读者在反复品味中加深认同与认可。而其中的关键是,你的发现是新颖的,诗性可以在读者心中蔓延。想一想,春天返青的植物,一夜之间就铺天盖地地绿了,确实像声势浩大的义军。诗歌的版图,欢迎这样的进攻。(李木马)

缓慢解冻的池塘

/袁永苹

想要写下一首诗,就是要面对
一个和另一个无法喘息的机警时刻。
不差毫厘地等待在结薄冰的池塘边,
一根可以搭救上来的绿树枝。
闭上在空寂中反复环游的眼睛,
开启一阵迅疾的无关叙述。
一个极佳或可能极佳的句子:
冻雪融化在池塘里成为水,
水又结成一层薄薄的浮冰。
在人类的疆土上,我们也融化
并躺着。我们的容身之碗,
风的汽车和电的野兽一再飞驰,
掠过我们,掠我们而过。
我创作的结冰期已度过
它自己的严冬,溪流涌动
并且等待冲决汇入狂浪的潮水。

(选自《江南诗》2021年第5期)

评鉴与感悟

在当代诗坛上，袁永苹的写作颇具异端色彩：她有一种强劲的浪漫主义风格倾向。当绝大多数写作者遵循一种现代性观念，致力于去消解主体性——宣称"人死了"的时候，袁永苹反其道而行之，试图在自己的诗里建构一个强大的主体；她的浪漫主义也由此而来。不过她并不缺少现代性，或者说，她在尝试另一种现代性，有点类似于尼采所开辟的现代性：上帝死了，而人活了。这也是为人的存在赋予尊严的一种努力。因此，袁永苹诗中的"我"往往不是一个庸常的"活着"的形象，而总是一个诗人、艺术家或思想者的形象，"在人类的疆土上"，以强健的生命本能，和高速运行的心智，紧张地面对"一个和另一个无法喘息的机警时刻"，去捕捉"一个极佳或可能极佳的句子"，去"等待冲决汇入狂浪的潮水"。这种酒神般的迷狂，让我们在现代诗里重新感受到生命的欢悦和存在的神圣感。（刘康凯）

换栅栏

/ 臧北

我们给院子换了栅栏
朽坏的铁栅栏被工人们拖走了
放在小推车上
我们觉得一阵高兴
到院子外面去再也不用
绕过整栋楼
新栅栏干净、整洁
有一个可以上锁的小门
我们把小门锁上
我们整天把小门锁上
但我们看看栅栏,又看看小门
心里一阵高兴
工人们也高兴
他们吹着口哨
把旧栅栏换成新栅栏

(选自《江南诗》2021年第2期)

评鉴与感悟

　　《换栅栏》像一支歌谣，描述单纯的生活片段，词义简净，洋溢着轻盈欢快的气氛。不过，比起一般歌谣，《换栅栏》的节奏形式和内涵要更复杂和精微。它首先诉诸反复回旋的关键词。这首短诗共出现了六次"栅栏"和五个"小"字，以及若干个"我们""高兴"等。重复出现的音符把这个小小的世界奏成了一首和谐欢快的乐曲；另外，一些隐秘的押韵像口哨一样若隐若现：高兴、不用、整栋、干净……再者，反复又变化的诗句既形成音乐感又生产纵深的惊喜，比如"有一个可以上锁的小门/我们把小门锁上/我们整天把小门锁上"：随着"小门"的反复出现以及新的因素不断被引入，经验和感受力的强度在愉快的节奏中层层加深。首句和尾句的反复、呼应还让这首诗形成了一个闭环。

　　在情感上，这首诗不乏含混和转折："我们"高兴的理由不断变化。工人们也高兴，但属于另一种。或许，这也是一首谈论高兴的 N 种方式的诗。（纪梅）

芹菜的琴

/臧棣

我用芹菜做了
一把琴,它也许是世界上
最瘦的琴。看上去同样很新鲜。
碧绿的琴弦,镇静如
你遇到了宇宙中最难的事情
但并不缺少线索。
弹奏它时,我确信
你有一双手,不仅我没见过,
死神也没见过。

(选自微信公号《诗眼睛》 2021年11月19日)

评鉴与感悟

我喜欢这首诗，理由有三。

一是陈乡约屯的芹菜做了一把北大的琴。怎么看，我都觉得北大教授臧棣老师用来做琴的芹菜是我们陈乡约屯的芹菜，"瘦""很新鲜""碧绿的"……这些特点都对。这应该是我喜欢的缘由，与我有相关性，让我注意它，并喜欢上了它。

二是小小的芹菜妙用让我拍案称奇。你不服臧棣老师不行，他的神思和想象绝对是一流的、顶级的。一只大手上的小小芹菜，竟然产生了一把琴的幻觉。一把琴在这里，不是木器，也不是铁器，它竟然是"芹菜器"，而且那么娇小、可爱，那的确是天籁中的神奇。臧棣在这里不是诗人，也不是教授，明明就是梦幻工厂的器匠，在认真地打造一把芹菜琴。

三是诗中大的要义让我为之沉醉。这首诗入题很小，但思考却很宏大。芹菜和琴，不仅它们的场域不同，而且功用不同。诗人把它们放在一首诗里面，不仅仅是奇思妙想，更有诗人对劳动与创造、理想与现实的多元思考、多维关注。让它们的结合生长出不一样的现实，试图在造一处理想的盛景。

碧绿的琴弦，镇静如
你遇到了宇宙中最难的事情
但并不缺少线索。

我读这首诗时，想象了一下臧棣老师在一处良田美景里面耕种的场面，想着想着，竟然听出了琴声。我确定，诗人看见了"琴弦"，也找到了"线索"。

这首诗当然有非常明显的匠气，可它制作得如此精良，让人着迷，让人相信真的有那样一把琴，它，吓退了死神。（三姑石）

老虎与羚羊

/ 翟永明

半夜　有人在我耳边说：
我醒了，你们还在沉睡

世界像老虎　在梦里
追着你追着你
世界的万物都像老虎
它们一起追赶你这只
细脚踝的羚羊
永恒的天敌绝不放过你
即使在梦中　即使在虚空

早上　大年初一
我慢慢读着马雁的诗
细嚼慢咽地把那些词语吞下
然后拧亮台灯　打开手机显示屏

那是我的面孔还是老虎的面孔？

老虎念着诗　而我动着嘴唇
她也是这样一颗一颗
吐出星星的瑰丽吗？
她也是这样被追赶着
被驱使着　被抓挠着
直至跌入黑暗？

她在黑暗中醒来
还是我在明亮中逝去？
那只老虎斜刺里冲出
抓住你　那只利爪
不！那是锋利的刀刃
刺进你的肉体
你被一缕透明的锋芒
一片一片剖开　化作光晕

星星就是这样亘古永久地
吐出一颗又一颗瑰丽

（选自《诗刊》2021年11月号）

评鉴与感悟

　　《老虎与羚羊》是翟永明新近创作的诗。一首非常出色的诗，其精湛的诗艺，尤其是它所包含的语言意识，重现了她在20世纪90年代中后期的创造力；甚至在语言风格的控制上更臻于一种修辞的自如，一种绝然的力量感。21世纪以来，不断有人在各种半公开的场合宣称，翟永明的诗不再如她的早年作品那般绚烂夺目。其实，翟永明作为当代最好的诗人之一，她敏锐而丰沛的诗歌感性，从未有过丝毫的退步。在某种程度上，她确乎有意识地从当代诗歌的现场渐渐抽离出来，回归到一种更安静的写作状态。对当代诗的时尚动向，她也开始有了一种基于更深的艺术自信的疏离。而她让出的那个文学史位置，所有的填补都不过是一种不甚可靠的幻觉。《老虎与羚羊》所达到的艺术水准，可与翟永明最好的诗《潜水艇的悲伤》媲美。而且在我看来，它在未来很长的时间里，都足以回敬那些对她的诗歌的非议或犹疑。

从题目上，《老虎与羚羊》像是在布局一首和动物有关的诗。而顺着这种期待，我们所熟悉的咏物诗或意象诗的类型模式，却在诗句的展开中，迟迟不见踪影。从"世界像老虎"，"世界的万物都像老虎"，读者大致可以推断：这首诗在意图上更偏向寓言诗。但又和我们所熟悉的以伊索寓言为代表的模式不同，诗人的意图并非要用寓言来给她的生存洞察做一个结论。也就是说，在文学的寓言模式里，原本是结论性的表达，在这首诗的意义图示中，变成了向更深的生命省察出发的一个起点。诗人只是借助寓言的文学轮廓来充分释放她的生命经验。在诗的局部，比如诗的语言氛围方面，诗人确实有意识地把寓言经验作为这首诗的意图框架在使用；但从整体上看，这首诗真正的意向性始终集中于诗人对生命镜像的意识呈现。诗人的意识及其对意识的觉察，被生动地戏剧化了。这种呈现，一方面借助了对人类命运的深切的体察；另一方面，在我看来，也更为可贵的，诗人将基于个体生命的悲痛体验升华成了一种独特的存在感的把握。在中国的当代诗人中，能如此出色地把握这种生命的存在感的诗人，其实是屈指可数的。很多人也写了女性的悲伤，甚至生命的痛彻，但很少有能力从诗的主题上将它们推进到人对生命的存在性的省察。

整首诗的结构感也非常出色。卞之琳孜孜以求的中国新诗的"戏剧性处境"，在这首诗的情境设置上得到了最完美的体现。我甚至有点嫉妒，这种完美，多少有运气的成分；不仅诗人本人绝少再有机会复制，当代的诗人同行也可能再没有机会加以复制。不过，这样也好。这首诗在结构上表现出来的"运气"，恰恰表明了它在技艺上的精湛。现代以来，英美新批评派一直坚信：所有的诗都是"戏剧诗"。也就是说，诗的场景在结构的设置中最好能展示出一种舞台效应。《老虎与羚羊》的成功，主要就在于它的场景所包含的戏剧性上。这样的安排，可以将诗人复杂而微妙的心理意识活动，转向一种客观的对话情景；进而无碍地打通了读者和诗人之间的意识共鸣。诗的视角，来自诗人的女性意识，但诗人要探究的主题却绝非女性意识所能涵盖的。诗的人称指代，你、我、她，表面上分布于不同的人物或动物，但骨子里，她们都是对一种生命角色的激烈的"辨认"。这个角色，就是站在老虎对立面的"羚羊"：有着惊人的生命美感（"星星的瑰丽"）又时时处于危险中的一个生命的原型。时刻都像是处于"被追逐"的"羚羊"，是对异常珍贵的生命之美的暗示，也是对威胁着它的生存之道的"老虎"的揭露。在这揭示和揭露之间，可以感觉到诗人在处理复杂的文学主题方面表现出的出色能力。诗人并不是要简单地对"老虎"进行"控诉"，诗的更深的意图指向了我们对生存本身的觉察能力的一种探求和追问。（臧棣）

喊

/张二棍

站在高坡上,随便喊一喊
沟壑里,就会诞生一座村庄
凭空出现一座座老窑
随便对着哪座窑洞,再闷雷般
喊一声,就有一个红脸蛋的女人
走出来,给你递过一碗水。不能再喊了
再喊,就有婴儿降临
再喊,这婴儿就应声长大
扛着铁锹出门了。他把一面坡
种绿了,才肯回来
他把一把锹,磨秃了
才肯佝偻着腰,披着星光
回来。他对着哪个窑洞
呼唤着,哪座窑洞里
就会惊醒一个
咳嗽的女人,把灯

亮起来

（选自中国诗歌网"中国好诗"2021年第102期）

评鉴与感悟

　　张二棍的口语诗是当代汉语诗歌口语化写作的险峰，其中的场景与意味震撼人心："……不能再喊了/再喊，就有婴儿降临/再喊，这婴儿就应声长大/扛着铁锹出门了。他把一面坡/种绿了，才肯回来/他把一把锹，磨秃了/才肯佝偻着腰，披着星光/回来。他对着哪个窑洞/呼唤着，哪座窑洞里/就会惊醒一个/咳嗽的女人，把灯/亮起来"，为什么"不能再喊了"？因为"喊"是生命力，是极大的创造，一切来自于此，"不能再喊了"，既是在感叹"喊"的神奇，也是在感叹"喊"（如海子所言，"大地本身恢宏的生命力"）已经不在了。撕心裂肺的情境中，某种悲剧凸显出来。（荣光启）

当故事被讲述

/ 张曙光

故事每天被讲述着
悲伤而快乐。你和我
或他和她的故事。但奇怪
我们不是讲述者,只是
其中的角色,或道具
夜晚降临了。我们
摘下面具,小心折叠起
一天的心情,暂时变回了
自己。或者说,是获准
进入另一个角色。也许
这只是扮给自己看的
我们既是演员,也是观众
我们知道,这是我们的生活
或宿命。我们被讲述着
每一天。但我们无法知道
故事的结局,以及
是谁虚构了它们,又是谁

充当着它们的讲述者

(选自《诗刊》2021年4月号)

评鉴与感悟

　　每个人的人生似乎都可以转化为故事，这样的经验叙述是基于我们作为社会人的身份。在一场场人生戏中，我们都是戏中人——既可能是自己故事的主角，也可能是他人故事中的配角，而随着人生轨迹的变化，我们所扮演的角色也在成长之中。故事看似在被我们讲述，实际上，如果不被讲述，它仍然在现实中如期发生。张曙光由经验的积累提炼出了故事的普遍性，我们和故事构成了相互依存的对象，诗也可能就通向了关于人生和故事之关系的形而上思索。

　　诗人对日常生活的体验是敏感的，而被讲述的故事作为一个镜像时，又呈现为矛盾性——悲伤而快乐。人与人的交流形成了故事本身，它是否需要被讲述？这是必须完成的自我审视，还是诗人出于习惯去寻找故事生成的理由？其实，人生融合故事会趋于戏剧化，而我们的讲述就带上了更多情感延展的可能性，因为每一个人都是故事中的角色或道具。由一种普世的理念重返具体的经验，诗人开始了另一种讲述：夜晚降临，一个人才可能真正活回自己，意即白天的生活都可能是伪装，他要戴上面具，节制情绪，与人和谐共处，这样才是一个真正意义上的"好人"。当傍晚回家摘下面具成为自己时，不用顾忌更多，但在诗人看来，这还是在演戏，"我们既是演员，也是观众"，终究脱离不了戏中人的宿命感。至于戏的结局，我们"无法知道"，只能无奈地演下去。诗人为此给出了一个辩证法式的本质追问：是我们在演戏，还是戏在演我们？结局是真实还是虚构，最终又被谁所讲述，一切都是未知。诗人悬置了答案，恰恰在这不确定性之中，我们能够认知到"人生如戏"的某种哲思和幽暗性。（刘波）

波斯菊

/张雪萌

读新闻：交战双方、伤亡人数、日期或是
别的。反政府武装、突袭、自杀式……
中立的播报自欧陆对岸送至早餐桌，
新的一天工作愉快！切换的新闻图片
一小丛波斯菊伫立在废墟边
不能辨别帮派的枪声从它的根茎升起
它熟知冲击波的频率，这一切
如同每日吸取
阳光、不太多的降水和同胞的血肉
浸入地表。随时炸裂的立足之地

绿色旗帜下，孩子的黑眼睛
呆呆地凝视。花的摇曳在战火里
花燃烧在幼小的瞳孔

争夺、抢掳和偷袭。每一朵波斯菊就是
大地上的一朵伤疤，它用摇曳转动头颅

摄下暴行

盛开。坦克履带下的笑声被碾碎。

托举它,尽管细弱的茎快要被硝烟折断

死,当你尚不能泣别太阳

它便从每一处断肢、饥荒和谎言下

长出来。

(选自《江南诗》2021年第2期)

评鉴与感悟

某个平常的早晨,诗人边吃早餐边看新闻。这个场景让我们想到黑格尔的名言:报纸是现代人晨祷的代用品。而今送到早餐桌的新闻更多来自电视或新媒体。摄像机让我们直观看到遥远地区的伤亡并听到枪声,但又能产生多少影响呢?"新的一天工作愉快!"交战双方的伤亡人数只是数字,并不影响我们愉快的进餐和随后的工作。本雅明曾说过,老式的叙事艺术被新闻报道所代替反映了经验的日益萎缩。直观的报道并不能提升我们对经验的感受力。

在新闻图片的转换中,诗人注意到一小丛波斯菊。"伫立在废墟边"的波斯菊是遥远的经验世界的参与者。"它用摇曳转动头颅/摄下暴行",从而让自己成为"大地上的一朵伤疤"。有关"伤疤"的隐喻令人赞叹:它以形色的无限接近和意义的无限悖反,形成了一句绝妙的诗并俘虏了我们的感受。这也是诗歌区别于新闻报道并永远不能为之取代的地方之一。(纪梅)

梵高同题:春天的果园

/赵柏田

为和你在同一高度,眺望远山和村庄
为此我坐进春天的果园,让黑暗吞食我桌下的部分
用一双手和一颗头颅,和你对视

为了支付这静静的夜晚,我花光了整个春天的积蓄
把夜晚看成一颗旋转的星辰,思考着全部生活的真实动机
现在我赤贫着走向你,桌上部分是我全部的所有

你燃烧的头颅探向我,你是你阿尔的太阳,闪耀在村庄和农民之上
火红的胡子是一片失火的树林,信念以大理石的质地生动
这是鼻,这是唇,这是眼睛和额头,这里原本是耳朵的位置
如今天堂也为之失火

我写下这些,在一个春夜,仿佛一次远足,从一个果园到另一个果园
空气中谁的眼睛看着我,大地,暗下来的村庄
你是看着我的!如今我学习写作,渴望生活

用一双手和一颗头颅,学着掂量全部生活的重量

(选自《江南诗》2021年第2期)

评鉴与感悟

这是一封写给梵高的书信,其中很多意象因出自梵高绘画而令我们十分熟悉:远山、村庄、果园、农民、树林、太阳和火……诗人并不仰视偶像,而是要与其形成对话和互照关系:"为和你在同一高度",所以他写了一首"同题诗"。他们眺望远山的高度其实也是受难的低处:"赤贫","桌上部分是我全部的所有"。在此之前他已主动请黑暗吞食了"桌下的部分"。这也是本诗最耐人寻味之处:诗人用桌子划分了身体。桌上是"一双手和一颗头颅",桌下因无关紧要而不被提及。

通过假设对话,诗人剖白了自我对精神和肉体的不同态度:双手可以劳作,头颅拥有思想和信念。它们是诗人得以与偶像"对视"的眼睛,也是梵高残存的单耳展示的破裂和痛苦。(纪梅)

冬青树

/ 赵思运

他患老年痴呆好多年了
今年八十九岁
家门口一丛冬青树
长势旺盛
他每天都到冬青树那里
去撒尿
他特别喜欢冬天撒尿的时候会有一团温暖的烟雾
弥漫在冬青树上
他尿得很专注
也很持久
等到那团烟雾慢慢消失
阳光围拢过来继续在冬青树上
碧绿地跳跃

(选自《江南诗》2021年第4期)

评鉴与感悟

人们对"口语诗"的误解,既因受者的阅读惯性排斥,也因表达的低效失效,这似乎是技术的问题,但"技术"从来都非独立的存在,它包括和透露思想观念、生命体验、生活经验的融贯,"口语诗"鸡毛蒜皮、泥沙俱下、常遭诟议的原因有时也在这儿。这首诗,是种较好的证明:诗人作为时间与环境的访客,必须宏观,更须微观,"诗意"在这起伏中便有可能得到有效的理解和呈现。冬青长青,可为景观,其实又很不起眼易被忽视,将一位痴呆多年的老人比作冬青树,很合适,亦可见作者之匠心。"病人""老人"自有自由的"长势",也自有其存在的"意义",平中藏凸,赵思运在这方面显得游刃有余,捕捉至少的"包袱"或营造可能的"梗",将庞然的"象征"化小为日常性审美(审丑)对象,是成熟诗人的能力体现。(赵卫峰)

我的手套丢了

/ 赵亚东

我所有的勇气
都来自这两只手套

正是它们在我和人世之间
形成巨大的缓冲

而现在,它们丢了
在一次醉酒之后
我再也找不到

从此,我的手指
像一群无家可归的孩子
局促,怯懦,一点风吹草动
就会感到不安

(选自《猛犸象诗刊》2021年9月22日)

评鉴与感悟

读完这首诗,一个从乡村来到城市、满目惊慌、战战兢兢的乡下孩子形象一下子就涌到了我的面前。手套,是他和陌生城市之间的防护层,是他的温暖与依靠。丢失了手套,就丢失了安全感。

幸运的是这个黑白分明、不会夹尾巴做人的乡下孩子,一路跌跌撞撞,他依赖手套,但是没有依赖面具,而且他从没有为自己寻找一副面具。

他的手套,在真实的生活中,是他的朋友、他的知己、他的防护,是护佑他的存在。手套这个意象,真实而又深刻地抒写了他和这个世界之间的关系。

说到这首诗,我是那样急迫地挤进其中,甚至那丢失的手套也是我曾经丢失的——我的也丢了。其实,我也曾经是那个需要手套的少年、青年。

对于生长在大东北的孩子,手套是必须的,也是奢侈的。不"绰手儿"(东北土话,意指没有手套,把手放在袖子里避寒)的孩子,家中都是富裕的,"绰着手儿"瑟瑟地走在一场大雪中的孩子,他的手在经历苦难,也在经历成长。

诗人用浓缩而干净的语言,借助手套来叙述自己的成长,彷徨,紧张,无措。甚至能看到他的手,在手套里手套外,与世界在切近,在躲闪,在握紧,甚至在出汗,在结冰。

我所有的勇气
都来自这两只手套

但是诗人真正拥有过手套吗?还是瞬间的温情?转瞬即逝的怜悯?有谁真正地递给他一副手套吗?诗人给了我们肯定的回答,这是让人欣慰的。但是,它们转身之间就丢了,这又意味着什么呢?诗人直抒胸臆,点破拥有两只手套的幸运——

正是它们在我和人世之间
形成巨大的缓冲

这是脱口而出的表达，言之由衷的慨叹。那双手套仿佛战士，犹如盾牌，于他的成长，须臾相伴。

　　然而，现实是残酷，甚至冰冷的。最温暖的手套也有变旧、变老，甚至丢失的一日。当这一天到来，诗人把它们的离开放在一场酒醉之后，那一定是借酒消愁的一次释放，或是借酒开怀的一次誓师。

　　时光里，两只手套丢了；想象中，两只手套依然温暖。

　　手指连心，诗人一层层剥茧抽丝，让我们看到手套下面的手指。可那又不是手指——

像一群无家可归的孩子
局促，怯懦，一点风吹草动
就会感到不安

　　诗人是无助的，但又是倔强的，他对世界似处于一种躲闪状态，但又不得不向前冲锋，因为不前进，不顶着风雪前行，他就会后退，退回到山谷和泥潭里。所以，诗人的不安下其实隐藏着一种呼喊——面对一座座大山，他的声音，从没有放弃。（三姑石）

质问

/ 钟庸

近些日子被不同的鸟鸣质问着
比山更幽、比亭更空
比竹更执、比小兽更尊严。
我日渐式微，在感官枯燥的
堤围上
我荆棘的弱冠之年仍有晴朗的绽放——

像徒然抖动的一株
野性的花
在语言的盆栽内融化着幻听的危亡。

（选自《江南诗》2021年第4期）

评鉴与感悟

开篇从容，淡淡的悬念感吸引人。诗人仿佛置身野外，但又规避了常见的"山水诗"法，点到为止，意不在山水，他的注意力，转移到"鸟鸣"，声声入耳，更能衬托或真或幻的寂然之境。而他日渐式微了吗？感官枯燥了吗？似乎涸辙之鲋？没有，他敏感着，鸟语清晰，触动激发绽放之感，而接着他又软弱下来，虚无下来，抖动是徒然的，野性或真情本性，归于或囿于语言的盆栽内，与"幻听"互融，趋于消失；于此，"鸟鸣"与山水背景也可理解为虚构，盆栽是必须面对的近景及现实，作者只想泄放一种感觉、一时情绪？这种诗如果换个标题或会另有效果？这种诗，也会让人略觉疑惑，它在一定程度上又是排斥阅读参与的，悦读性少。它有技术含量，又暗含涩硬，细观句与句之间、句之内部，让我想到一个叫作"逻辑"的词。当然，作者对字词堆砌的恣意，也表明在意，或许这也是种生长点，即他的写作应该藏有相当的可塑性。（赵卫峰）

上林湖

/ 宗仁发

秩序
是一种尘归尘　土归土
而那些躁动从未入睡
不仅有鸟鸣
翅膀扇动
觅食者的饥饿难耐
以及所有的风吹草动
还有寂寞正在酝酿着
某种对反叛的渴望
自以为是的主宰者
在制造中获得了兴奋剂
他们开始驯化植物
让它们成为可靠的粮食
他们也能驯化动物
让它们耕田或者帮助捕猎
他们不断地舞之蹈之
陶醉于自己的幻想

有了火

有了陶锅
讨好由梳理毛发
又增添了新的模式
深厚的土壤
能够孕育各种奇迹
奢侈是有了多余的生活
精致是使之看上去似乎简约
摆设刺激愉悦
谁能抑制住这种取之不尽　用之不竭的
快乐啊
进贡之物要不同凡俗
工匠们绞尽脑汁
先是浓墨重彩
后才发现浓妆淡抹
把配方交给记忆
把火候交给感觉
不可复制
即是独享
一个比一个相信
来世的享受可以乾坤挪移
千年一梦
带来好奇与羡慕
也仍然会有或多或少的膜拜
上林湖
博物馆里储藏的秘色瓷
破解出亘古不变的虚无

（选自《诗刊》2021年6月号）

评鉴与感悟

这首诗,无论内容还是风格,都非同凡响。这是一首咏史兼咏物诗,但是它所咏叹的,是整个人类文明史,是人与自然生死轮回的内在冲动和空的"秩序"。高屋建瓴的视野,极简、老辣的风格,精确、硬朗的语言,近于残酷的"世界观"。第一句"秩序/是一种尘归尘土归土"与最后一句"亘古不变的虚无"呼应。"而那些躁动从未入睡/不仅有鸟鸣/翅膀扇动/觅食者的饥饿难耐",动物生命的本能。诗人的老辣、凶狠在于:"还有寂寞正在酝酿着/某种对反叛的渴望",揭示了"反叛"与"寂寞"的联系,及与动物本能的相关性。从"自以为是的主宰者"(即人类)开始,到"有了火/有了陶锅",概括了新石器时代的技术发展史,这是第一个层面。从"讨好由梳理毛发/又增添了新的模式"到"摆设刺激愉悦",享受史和艺术史,第二个层面。"谁能抑制住这种取之不尽 用之不竭的/快乐啊",嘲讽,感叹。"进贡之物"大约是指进入奴隶社会有了国家之后,工艺的进步和审美的进步,而这一切都是肉身的、尘土的。乃至在今人眼中的"千年一梦","带来好奇与羡慕/也仍然会有或多或少的膜拜"。而这生生灭灭、亘古不变的虚无,是从"上林湖/博物馆里储藏的秘色瓷"的釉彩中"破解"出来的。宗仁发先生的这首《上林湖》是对着一块瓷片观空所得。(李建春)

第二辑　名家解读

如同在诗里鸣叫的蟊斯

莫言新作选（七首）

聂鲁达的铜像

从贝壳雕成的酒杯里
看见你年轻时的倒影
听你的情歌，识你的情人
想那些滚烫的岁月
寒流袭来
巨大的冰块里
有颤抖的玫瑰
云雀尸体
贝多芬的耳朵
肖邦双手
玛丽莲·梦露的红唇

一个来自东方的女孩
在马丘比丘高峰上
用汉语朗诵你的诗
驼羊的眼睛
为陌生的音节而亮
石头的城堡
嵌入古老的文字
组成华丽的篇章
在我的祖国
你曾经是传奇

你在中国旅行的时候
还没有我啊
但我仿佛为此而生
站在你的床边
想象你沉重的呼吸
和老年人的气味
烟草、酒精、磨损的牙齿
你床头的裸女见过
你的裸体
壁上的图画
窗外的茫茫大海
沙滩上的仙人掌
都如我梦中所见

没有白帆从海上来
但曾经来过，曾经
那个羚羊般的女人
明天也许就来，希望
如同一包晚到了六十年的礼物
液凝成晶，晶化为尘埃
大海是人民的，因此
鱼与盐也属于人民

革命让女人变成
革命的女人
革了男人命的女人
与革了女人命的男人
聚在这里饮酒、写诗、恋爱
生出革命或反革命的后代

在这座黑色的岛上
黑色的别墅里
洋溢着革命气息
和爱情的黑色泡沫
只有这种地方
才能安顿你的,也是我的
嚣张的灵魂

玫瑰的花瓣泡在酒里
鱼在盘中战栗
我对你的烟斗与酒杯起誓:
我会想你,想你的
鸭舌帽与硕大的鼻子
我猜想你是
歪着头接吻的情种

现在是半夜
京师学堂里悄无声息
窗外的鹊巢里
喜鹊在呓语
我用沾了清水的绒布
擦拭你的铜像
鼻子眼窝与耳轮
月光如水
送来美洲的孤独与记忆
弯腰时我听你冷笑

抬头时你面带微笑
仿佛我是铜像,而你是

铸造铜像的匠人
不是我擦拭你的脸
而是你点燃我的心

后记：
　　庚子春，京师学堂只余一人。夜半时常与大厅中的聂鲁达铜像对话。忆起己亥春访问秘鲁、智利参观聂鲁达故居情景，遂作此类诗文字，抄供方家两哂。

　　　　　　　　　　　　　　　　　　　　辛丑寒露后二日

刺与爱

地砖明亮，多肉的倒影
仿佛浸在水里
夕阳落照
仙人掌在镜中亭亭玉立
林小姐在书里暗暗悲泣

当心它的刺扎进你的纤指
提防她用泪还你
最怕红楼梦里人
诗也许可以止痛

挑刺时，有人引弓如满月
刺出来了，爱
趁隙而入

读你

你对镜踏车
挥汗如雨时
我在万里之外读你
你的梦犹如蹦跳的马驹
我的诗写在

最安静的地方
如同新剖出的珍珠
如同名叫翡翠的生蚝
如同刚脱壳的金蝉
如同在诗里鸣叫的螽斯

我用目光吻你的汗珠
大海是泪与汗的混合

海龟

从高楼的缝隙里
你望见黄色的海

我看到白色的你

月是故乡明
海的对面是故乡
我的牧歌荡漾在
你钓蛙的池塘

洗尽铅华，唯余一双红唇
在醉蟹与牡蛎的汁液里
佛系土崩瓦解，池塘里
被放生的海龟
背负着保佑你的重任
诅咒着你
回忆海水的滋味

傻子

牛不反刍
你用鞭杆敲它的角
用尿呲它的鼻孔
一团草返上来
牛眼洋溢着咀嚼的喜悦
老人夸你：这个傻子

女人不愿生育
你讲述杀羊羔的春天

噩梦般的故事
让她们掩面哭泣
宫门大开,放孩儿们进来
女人夸你:这个傻子

当众人哭时
你竟敢笑
当众人笑时
你竟然哭
众人骂你:这个傻子

当装傻成为时尚
傻子却要装聪明,于是
真傻的和装傻的打成一团
装傻的被打成傻子,从此
大家都装聪明人

尽头

我走到语言的尽头
听懂了鸟的鸣叫
我走到颜色的尽头
看清了花的本质
我走到生命的尽头梦见初生的婴儿
我走到爱的尽头
遇到了母亲

嗅觉

在狐狸的小巷里
有虎豚和鲸鱼的酒馆
烧鸟和烤鸭的壁炉
还有荞麦面与天妇罗
咖啡馆与澡堂
花、草、树
还有一切的一切

红灯笼在细雨中
释放轻盈的诱惑
五彩缤纷的口罩
遮住行人的脸面
目光刺痛了目光
戴口罩的人都像狐狸
戴着口罩

在狐狸的小巷里
所有的气味纠缠不休
在雨中演绎成失恋的哀歌
未被嗅过的气味
幽怨地低唱着：
来呀，人们，来嗅我

天哪,他喊叫
摘去口罩的瞬间
气味的交响乐轰然而起
在小提琴的位置上
是姑娘沐浴后的体香
婴儿的奶味如大提琴的轰鸣
低音大号是老人的气味
缓慢重浊而悠长
狗味如小号
猫味如圆号
鱼味似竖琴
石头之味,如木琴般清纯
如果说玫瑰香气似短笛
那竹叶清香便是长笛
那吹黑管的少女和她的黑管
恰似那薰衣草与薄荷的气息
……

他闭上眼睛
泪流满面
在狐狸的小巷里
五千年历史涌上心头
因为有嗅觉,所以有气味
因为有气味,所以有爱情

(选自《上海文学》2022年1月号)

莫言新诗六人谈

就莫言的诗歌新作扯几句闲话

霍俊明

以往莫言有在小说中穿插诗歌、民谣、俚曲或"打油诗"的习惯，而2018年以来莫言在刊物上所发表的诗歌数量和频率是他以往所没有过的，如《雨中漫步的猛虎》《哈佛的左脚》《我的浅薄》《美丽的哈瓦那》《村里的诗》《奔跑中睡觉》《你若懂我，该有多好》以及长诗《饺子歌》《黄河谣》等等。由此，莫言先生"崭新"的诗人身份以及"小说家诗人"也成为文坛的热点。

1

显然，莫言并不是我们一般意义上所理解的那种可以分门别类的诗人，更不是"严肃""庄重"板起面孔的高深诗人和学院派的诗风，正如他自己所说的"我爱写歪诗，／屡被高人讥。／白马青牛难同槽，／玄鹤何须问黄鸡"（《黄河谣》）。

莫言的诗看起来更为大胆、随性、自由、散漫，甚至可以说得上恣肆不羁，常理、套路在他这里并不适用。"不落言筌"对于莫言来说倒是得心应手，甚至其诗歌文本面貌粗看起来更像是打油诗和民间小调。由此，莫言给我们带来了特异的诗歌文本以及反常的"诗人形象"。

值得注意的是，莫言还有借助小说来表达他对诗人和诗歌看法的习惯。《花城》2018年第1期头条推出莫言的新作，即关于诗人的两篇小说《诗人金希普》《表弟宁赛叶》。中国化、民间化以及有些脸谱化的"金希普"和"宁赛叶"一览无遗甚至纤毫毕现地体现出"诗人"的恶习、神经官能症、精神分裂、自大、虚荣、张扬、自恋。莫言以他一贯狂欢化的语言方式对两位"奇葩"诗人进行了戏剧化的描述和酣畅淋漓的讽刺。《北京文学》2019年第12期推出了莫言的"诗体小说"《饺子歌》，通过男生和女生两个声部极其夸张而天马行空的抒情和无厘头的议论，正如编者按所强调的"一向注重文本创新的诺贝尔文学奖得主、著名作家莫言，别出心裁最新创作出在当代文坛罕见的诗体小说。他以天马行空的奇思妙想和简约灵动的文字，为我们描绘出一幅幅亦虚亦实、妙趣横生又激烈残酷的现实图景。锋芒所指，清者自清，浊者自浊，欢迎品鉴。"

接下来我们还是谈谈《上海文学》2022年第1期头条推出的莫言的七首诗：《聂鲁达的铜像》《刺与爱》《读你》《海龟》《傻子》《尽头》《嗅觉》。随后，这组诗被《诗选刊》2022年第2期全文转载。

2

《聂鲁达的铜像》是带有对话、致敬意味以及携带现实感和历史情结的诗。智利的伟大诗人、"人民诗人"巴勃罗·聂鲁达让我们想到他与中国诗人艾青的交往，而聂鲁达的诗歌早在20世纪50年代的时候已经引入中国且影响甚大，比如1957年《诗刊》创刊号刊出的聂鲁达的诗《国际纵队来到马德里》（袁水拍译）、《在我的祖国是春天》（戈宝权译）以及艾青献给聂鲁达的长诗《在智利的海岬上》。聂鲁达三次到访中国并写有数首歌颂新中国的长诗，也正如莫言诗中所言"在我的祖国／你曾经是传奇／你在中国旅行的时候／还没有我啊／但我仿佛为此而生／站在你的床边／想象你沉重的呼吸／和老年人的气味"。几十年间"政治+爱情"也成为聂鲁达的经典形象，甚至"政治"和"爱情"在不同时代的接受史中被两极式地分化和强化。此次莫言"重写"聂鲁达并不是可有可无的，实则这是一首不乏"现实感"、个人化的历史想象力以及精神指向的诗，说得更玄一点就是具有"及物性"。这不仅与莫言以及我们的庚子和辛丑"寒流袭来"般的普遍心境有关——"京师学堂只余一人。夜半时常与大厅中的聂鲁达铜像对话。"（《聂鲁达的铜像·后记》），而且更为真实地还原出聂鲁达这样一个丰富的生命个体和国家命运的背景，比如他或高涨或失落的革命与爱情，他的抽烟、饮酒、聚会、躁动、力比多以及衰老、孤独、冷笑、微笑等等。整首诗的结构、节奏、语调、气息调控得都非常舒服，它们自然、真切、舒缓、有度，犹如一个人深夜中孤独的呼吸。

循着《聂鲁达的铜像》这首诗中渗透出来的"现实感"，我们要格外留意一下《嗅觉》这首诗。毫无疑问，《嗅觉》的现实指向性更为明确、显豁。较之《聂鲁达的铜像》诗人只是借助"后记"约略点明现实境遇不同，此次诗人直接将"现实"置于整首诗当中。"口罩"已经成为我们最为显豁的对应于现实境遇的日常之物和象征物，"五彩缤纷的口罩"恰恰是一首哀歌中沉重而戏剧化的部分,诗人借助极其繁复的声色场景强化了"嗅觉""声响""气味""爱情"以及当下与历史之间的深度关联。

3

大体而言,莫言的诗是机趣、幽默、戏谑、智慧的,没有人生大阅历的人是写不出他这样的诗来的。诗人需要阅世,但这又不够,诗人并不能在经验和感受上止步不前。

相较之下,《刺与爱》和《读你》这两首十来行的短诗写得有些"波澜不惊",读的时候挑动我们的是日常生活中小小的芒刺和微澜。它们无关大义,而只是生活场景的一角,诗在其中缓缓渗透或者慢慢角力。

《尽头》这首诗更短——只有七行,读起来就更为"惊险",因为诗越短越容易露出诗人的"马脚"。也就是说短诗对诗人的挑战更大,相应的写作难度就更高,而不容得在词语、节奏、转换、结尾上面出现任何的闪失。《尽头》读起来的感觉仿佛让我们一下子就回到了20世纪的80年代。该诗没有意象、细节、场景以及象征物的铺垫,而是直接进入主题,即通过"箴言"式的语句以及四个结构一致的平行化片段表明诗人的姿态或立场。这样类型的诗读起来更为立场分明、铿锵有力、黑白立现、水落石出,但是写起来则需要格外小心,因为稍一疏忽就容易堕入另一个俗套当中,即诗人"说得太多"甚至夸夸其谈、面嘴生风。显然,诗人已经不再是振臂一呼的文化英雄和时代精英了,诗歌也不再是名言警句般的气壮山河了。

4

《傻子》这首诗前后分为三个结构,读起来更为过瘾。尤其是前两个结构"反刍""生育"所涉及的民间经验以及极其大胆、夸张的语言方式是时下一般的诗人写不出来的。莫言在该诗的第三个结构也就是结尾处直接摆明了所要讲的道理,但是诗的空间反倒是被收紧了。

《海龟》这首小诗我非常喜欢,写得满纸机趣横生,就像是莫言小说的一个缩影。该诗的前半部分同样是波澜不惊日常景象的描述或交代,而后半部分则笔锋陡然一转,极富戏剧化的效果,"洗尽铅华,唯余一双红唇/在醉蟹与牡蛎的汁液里/佛系土崩瓦解,池塘里/被放生的海龟/背负着保佑你的重任/诅咒着你/回忆海水的滋味"。

就以上莫言先生的这七首新作而言,它们并不需要过于专业的读者,甚至也不需要媒体人或大众来指指点点。就如莫言的小说一样,它们自由、随性,具有不拘一格的典型"莫式风格"。随心所欲不逾矩也好,兴之所至手之舞之足之蹈之也罢,只要读到这些文字的人心有所感、解颐一笑或蹙眉沉思也就足够了。

诗也许关乎春秋关乎大义关乎真理,但也指向率真的性情和本真的生命以及词语和诗意双重的解放。

(2022年5月16日于封控中)

"特别"的诗,"寻常"的诗意
——关于莫言新诗

王士强

2017年9月,诺贝尔文学奖得主莫言的新诗作品《七星曜我》发表于《人民文学》,一时引起极大的关注和议论。本人也数次被问及:"莫言的诗看了吧,写得好不好?"我当时曾回答:"不能简单地说好不好,它很特别。"这么回答或许会被认为回避价值判断,是"骑墙",于我而言却并非如此。

而今五年过去了,关于莫言的新诗作品,我仍然愿意用"特别"二字进行描述。首先,是因为这是"莫言"的诗歌作品。莫言作为一位成就卓著的文学家、小说家,他为何转而写新诗,这其中有何缘由?作为对文学有着深入理解和独特追求的作家,莫言在已然"功成名就"之后开始进行一种新的文学体裁的创作与发表,无论如何是值得认真对待的。而今是一个文学"边缘化"的时代,诗歌则处于边缘之边缘,诗歌的受众面与影响力和小说相比确实不在一个层级,而莫言行走半生,"重新做一位诗人","莫言"与"新诗"之间形成了一种富有张力、耐人寻味的结构关系。

其二,莫言的这些作品本身也比较特别,其中体现着莫言式的文学观、美学观、诗歌观。事实上莫言的小说便是极具诗性的,在《红高粱》《檀香刑》《丰乳肥臀》等等作品中,或以天马行空、纵横捭阖的想象,或以汪洋恣肆、杂花生树的语言,或以对社会和历史的极致化书写、戏剧化呈现,而呈现出一个诗意磅礴、诗性斐然的世界,历史、社会与人生都被诗化了。可以说,莫言的作品整体上便是一个诗的世界,即使他不写诗,也称得上一位诗人。而今,莫言写诗了,他与诗歌之间的关系又近了一步，也为他的艺术世界增添了一些新质。同时，莫言的这些诗又的确是特别的、不一样的，对"主流"的诗歌界构成了冲击和冒犯。事实上，诗歌界一方面对莫言的诗歌"窃窃私语"、议论纷纷，另一方面又是失语的，缺乏真正有效的探讨和解析。在现实语境之中，这与莫言的身份、地位、成就不无关系，而更重要的，则是因为这些作品的确不在通行的诗歌评价的体系之中。通常的诸多讨论现代诗的关键词比如意象、象征、隐喻、修辞、技艺等在这里几乎都失效了，它与人们通常所认为的"好诗"如此不同。

说起来不无吊诡，这些"特别"的诗却又是"寻常"的，它是在寻常之中发现和表现诗意，这些诗传达着"寻常"的诗意。这种"寻常"又包含两方面的内容，其一是所表达的事物是寻常的、平易的，不刻意地追求特异性、奇观化，不装，不怪，他的诗来自生活、来自"我"，很大程度上也是具有抒情性、自叙性的。其二，诗的表达方式也是寻常的、平易的，写得很放松、松弛，没有斧凿的痕迹，没有用力过猛。在现代诗歌越来越追求异质性、修辞性、技术性因而越来越繁复、晦涩的背景之下，这种诗歌写作方式可谓一股清流。莫言当然不是不能把诗写得复杂、写得晦涩、写得艰深，事实上当年他便是以先锋写作起家的。他诗歌的简单，是在跋山涉水、饱经沧桑之后的返璞归真，在简单之中包含了复杂，而并非淡乎寡味、一览无余、没有内涵和深度的简单，它是"高僧才说家常话"，是"道是寻常最奇崛"。

这里面或许包含了理解和克服现代诗困境的可能性路径之一。现代诗的求深、求险、尚智、去情成为主流，这其中自然有着巨大的历史的和艺术的合理性或必然性，但同时其带来的艰深、晦涩之弊也不容忽视，诗歌的智性、知识化、精英化倾向提高了读者进入的门槛，也构成了对读者的挑战甚至拒绝。故而，现代诗有没有另外一种可能，能否将门槛和难度降低，保持亲切、平易、自然，而又并不失去诗歌的精神维度和内在品质？莫言的新诗提供了一个反思的契机。《莫言新作选》（七首）一方面延续了莫言文学观、审美观中一以贯之的东西，比如俗雅并置、大俗大雅，比如自由奔放的想象，比如夸张手法、戏剧性，当然也有在这些诗歌作品中凸显出来的比如真挚、诚恳、言为心声，比如"诗缘情"、抒情性，比如语言的顺畅、自然、本色，比如"去技艺化""没有技巧的技巧"……这些，或许都有值得当今诗歌写作者重新省思之处。一定程度上，把诗写得"复杂"并不难，用简单的语言、形式写出诗意或许才更难，复杂有时便是简单，而简单有时才更复杂。事实上，在我看来，如《尽头》这样的诗便堪称抒情诗精品，它用至为简单的语言和形式表达着最具普遍性、人类性的"母爱"，具有引起共鸣、抵达人心的能力，这样的作品放到新诗史经典的序列中，应该都是立得住的。这种"寻常"的诗意，莫言是回到了原初、原点，回到了自己的内心，回到了普普通通的生活和行走于其上的大地，回到了具体、生动、荤素不忌的日常语言，回到了诗歌最初的触动和生发……这些，堪为新诗发展之可能误区的镜鉴。

　　莫言新诗发表后，有一些诗人颇不以为然，有的甚至进行了言辞激烈的批评。如果是在认真阅读和思考之后，是从诗歌观念、美学观念的分歧角度来谈的，当然没有问题，毕竟有不同的声音和观点实属正常。不过，即便的确是从自己的诗学立场、审美立场出发，认为莫言的新诗写得不好，我仍然有一个建议：将作家莫言及其新诗作品陌生化、对象化，重新进行考辨。如此或许会得出与初始印象更为丰富的感受，也能够触发更多的思考。时代发展至今，已没有任何一种诗歌能够一统天下，也并不存在一种唯一正确的、本质主义的"诗歌真理"，诗歌是自由之花，它理应是不拘一格、千姿百态、万紫千红的。就此而言，如此"特别"而又如此"寻常"的莫言新诗，确乎值得重视！

小说家莫言的诗歌面孔

杨庆祥

《聂鲁达的铜像》以智利著名诗人聂鲁达为倾诉对象，想象一场与聂鲁达的邂逅、相逢和交流。在传记、历史和绯闻中勾勒出了一个才华横溢、命运传奇的诗人形象。这一诗人形象隐隐有作为诗人莫言的自我投射，他在其中看到了一个时代的波澜壮阔，但作为后来者，却只能拥有文本和不能参与历史的遗憾。对生命本身的渴望超越了对文本的渴望，因此，这首诗在滔滔不绝的诉说中暗示了一种历史退化的阴影：诗人只能对着铜像抒情，而铜像，则以其沉默反讽着诗人当下时刻的身不由己。这首诗由此具有了历史和现实对峙的张力，这一张力使得这首诗摆脱了简单的抒情，而进入到"思"和"史"的层面。《嗅觉》则从狐狸小巷出发，书写各种气味对人的诱惑——也许对应了现实中的一次深夜游荡寻欢的经历——但最终，捕获诗人的不是这些碎片的"诱惑"，而是历史的悲怆。

《刺与爱》《海龟》《尽头》是三首短诗。这些诗歌都有着精致的意象和隐喻，从某一个具体的物象出发来探讨生命的哲理。这些诗既延续了"五四"时期"小诗派"的理趣韵味，同时又扩大了小诗的表现内容，在对"趣"的表现力上有了拓展和突破。《傻子》则更像一首典型的"说理讽刺诗"，通过三个场景的描写，刻画出"傻"的具体形态，然后笔锋一转，"傻子"和"聪明人"构成了一个对立，需要讽刺的是世俗的规则：傻子和聪明人相互伪装，真正的人消失了。

总之，这些诗歌语言富有弹性，意象自由多变，诗人的形象穿梭在历史、现实以及想象的层面，呈现了小说家莫言的另外一副面孔，这一面孔可亲可爱，同样富有勃发的创造力。

诗也许可以止痛
——读《莫言新作》

哨兵

当我们谈论诗歌时我们在谈论什么？套用卡佛的小说名来谈论这组《莫言新作》，再恰当不过了。但面对一个荣膺诺贝尔文学奖的中国小说家的诗，我们能谈论什么？何况，作为诗人的莫言也一直在寻找诗的可能，"诗也许可以止痛"（《刺与爱》）。到底什么样的痛，才能成为诗？是世界处在当下十字路口的隐痛，还是人类文明面临坍塌的阵痛？"也许"吧，抑或，"可以"。双重游移中，是莫言对自我的怀疑和否定；更何况，诗，乃寺中言，关乎终极拯救与终极关怀，几不可说。再何况，宋人叶梦得在《石林诗话》告诫如下："七言难于气象雄浑、句中有力，而纡徐不失言外之意。"明人刘基在《春秋明经·公朝于王所仲孙羯会晋韩不信云云城成周》再告诫如下："虽然二百四十二年之间，书公之朝者二，而皆于王所，则言外之意可知矣。"言外之意，是语言最无力表达之处和最黑暗的角落，但也正是诗藏之所，亦如《尽头》所述："我走到语言的尽头/听懂了鸟的鸣叫。""语言的尽头"即言外了，"之意"，在此，是"鸟的鸣叫"，就更是诗的声音了。如此，《尽头》开篇就露出了诗与语言关系的谜底，即：语言的尽头才是诗。

> 我走到语言的尽头
> 听懂了鸟的鸣叫
> 我走到颜色的尽头
> 看清了花的本质
> 我走到生命的尽头梦见初生的婴儿
> 我走到爱的尽头

遇到了母亲

　　若按马拉美和瓦雷里的纯诗理论审视这首短制，《尽头》就是一首"绝对的诗"。短短八行，摒去了写景、叙事、说理以及感伤的情调，凭借音乐性和色彩，就唤醒了在《尽头》的"语言""颜色""生命""爱"这四个早已在汉语里僵死或沉睡的大词。而真正唤醒公共想象和公共经验的，是"鸟""花""婴儿"和"母亲"。而这四个意象，并不存在所谓递进等逻辑机理，甚至，连并列也算不上。

　　可以做个试验，把《尽头》分割成四首当下颇为流行的"截句"，却依旧成立：

尽头一
我走到语言的尽头
听懂了鸟的鸣叫

尽头二
我走到颜色的尽头
看清了花的本质

尽头三
我走到生命的尽头
梦见初生的婴儿

尽头四
我走到爱的尽头
遇到了母亲

　　是的，截句成立。但每一节，却总有意犹未尽之感，四节合篇，奇迹就出现了，显现出一加一大于二的艺术效果。甚或，任意打乱《尽头》的结构，也丝毫不减损这首短制的光芒。坦率地说，我曾长时间揣摩过这首诗，语言的朴素与凝练、情感的丰沛与内敛等等技术性的操作，并不让我称奇。我着迷《尽头》结构的开放性和文本意识，诗人似乎不太在乎黑格尔在《诗的艺术》里的判断："关于诗和其他各门艺术的区别……因为它们给内容所造的形象只能是用青铜、大理石、木材之类有体积和重量的物质……"

《尽头》更像是俄罗斯方块或万花筒,无论怎么样颠倒、揉捏,总能各美其美。

论及语言,以我个人的阅读经验,我尊敬阿什贝利的语词拼接术,也推崇兰波的语言炼金术,但我更尊崇《尽头》这种将古老语词和传统,化为个人发明般新词的诗歌。《尽头》以相对整饬的架构,经由诗人的生命经验,化血为墨地重新处理了那些"旧词"和"老意象",成为一件张力极大的艺术品。但《尽头》不是一次语言的炫技,也不是一场美学意义的冒险,或者说,《尽头》很好地藏裹起炫技和冒险,却近乎聊天似的抵达了生命本真。

这样谈论诗歌是危险的,似乎在替哲学完成那个古老的命题,探究人从哪里来、又到哪里去。但不这样谈论诗歌的终极意义,却更危险。因为个体生命的生存困境和精神困顿,是诗歌必须直面的语言现实。而作为蜚声世界文坛的文学大师,莫言对"困境"和"困顿"的体察,尤为深刻、尖锐。基于此,我并不太赞同"魔幻现实主义"这道标签,因为从《透明的红萝卜》起,至《晚熟的人》,于"困境"处突围,于"困顿"中突破,几乎是莫言的文学底色和母题。特别在《晚熟的人》这部小说集里,作为扎根于中国大地的小说大家,莫言的现实主义并不魔幻,相反,在无限地后撤和下沉中,莫言的现实主义却具有更为深广的未来性、前瞻性和预言性。而谈论莫言的文本意识,在《晚熟的人》里来得更为开放。在《左镰》《诗人金希普》《天下太平》等作品里,强烈的文本意识,无限突破短篇小说的边界,从而模糊了散文、小说、戏剧等文体的规范。作者完全不在乎小说的清规戒律:短篇是意象,中篇是故事,长篇是命运,《晚熟的人》回首即百年,闭目为沧桑。而这种深刻的生命体验,不关涉一个智者的淡然,更不来自一个老者的自以为是和装腔作势,只能源自创作心态的极度放松。对,放松。从这组《莫言新作选》里:是姑娘沐浴后的体香/婴儿的奶味如大提琴的袭鸣(《嗅觉》);歪着头接吻的情种(《聂鲁达的雕像》)。我笃信,面对诗歌的莫言,是一个童稚与青年的复合体。

所以,某年某月的某天,在给他的赠书里,扉页上,我写下了"莫老顽童"的称号。戏称吗?好像不是。尊敬吗?肯定。更肯定的,是实话实说。嗨,在京城,蹬着一辆破自行车穿胡同串子赴酒局的莫言,不是个老顽童,能是谁啊?扯远了!回到开头。但不说那个叫卡佛的美国小说家诗人,只说一个南美智利人,说一个广袤大地上的行吟诗人,说一个叫聂鲁达的伟大诗人,也是在说艾青在《在智利的海岬上》这首诗里唤着"兄弟"的巴勃罗,还在说那尊在京师大学堂大厅夜半时常与莫言对话的"铜像"。有点绕了,但我已按诗歌某种神秘的联系,写下这三个名字:巴勃罗·聂鲁达——艾青——莫言。于此,20世纪50年代与21世纪20年代的两代中国诗人,在大洋两岸都寻找到了各自的巴勃罗与"聂鲁达的铜像"。面对《聂鲁达的雕像》这首诗,如此解读它的写作背景,或许已涉嫌过度诠释。后记云:"庚子春,京师学堂只余一人。夜半时常与大厅中的聂鲁达铜像对话。"庚子即2020年,特殊时段,偌大的京师学堂只有"我"与"雕像",所以,此诗的写作动因和背景,就出自对话的需求与对孤独的体验,是诗的日常性使然。

> 现在是半夜
> 京师学堂里悄无声息
> 窗外的鹊巢里
> 喜鹊在呓语
> 我用沾了清水的绒布
> 擦拭你的铜像
> ——《聂鲁达的雕像》

这节诗除了是所谓"日常的诗意",更是这首作品的第一感觉和母本,如同"房子在地球上/而地球在房子里……"这两行诗,是艾青写作《在智利的海岬上》的最初动机。至此,《聂鲁达的雕像》完成了对聂鲁达和世界文学,以及对艾青与中国诗歌的双重致敬。还债也好,继承也罢,皆以"诗的日常性"或"日常的诗意"这种现代意识得以完成。细想,"日常"之于中国诗歌和世界诗坛的重要性,不言而喻。杜甫之后,晚唐诗式微、拯汉语诗歌家国情怀的坍塌,是元稹、白居易新起的"新乐府运动"的日常性;奥登、艾略特之后,领欧美诗歌破除学院知性的围墙,是金斯博格、凯鲁亚特"在路上""嚎叫"里的日常性。而以莫言对拉丁美洲文学的洞悉,若单纯出自诗的敬礼,可选择的大师多了,如博尔赫斯、如米斯特拉尔,再如巴列霍和帕斯,等等。但《后记》——夜半时常与大厅中的聂鲁达铜像对话——莫言已揭开"日常"的底牌。

这组"新作"的日常性,很好地保持诗歌的新鲜和生动。即使在这首充满"魔幻"色彩的《嗅觉》里(对不起,我还是承认了魔幻),"在狐狸的小巷里/有虎豚和鲸鱼的酒馆/烧鸟和烤鸭的壁炉/还有荞麦面与天妇罗",我依然能遭遇如下的日常——"五彩缤纷的口罩/遮住行人的脸面"——直面当下的困境和困顿。所以,诗的日常性于莫言,不是方法论和偶然,也不是功成名就之后的闲情逸致,更不是互联网上的小鲜肉和网红可劲地在刷流量。诗的日常性于莫言,是现实的需求和文学必然。在小说宏大叙事里深耕求索的诗人,置身于碎片化的当下,不直面"日常性"这块拼图,何以完成对自我的怀疑与否定？这多像我们身边的那些"顽童"，总在对着世界叩问那"十万个为什么"。而在版图未竣之时，选择书法，甚或，可能涉足绘画、音乐和舞蹈，使命乎？亦宿命。

诚如莫言所说："不是我擦拭你的脸／而是你点燃我的心（《聂鲁达的雕像》）"。

愿我们在去往"语言的尽头"时，在语言最无力和最黑暗处，捧着这点灯火和光，看清楚各自，痛之何处。

诗句里常常埋伏着雷管
——读莫言《聂鲁达的铜像》

徐俊国

诺贝尔文学奖颁奖词以"幻觉现实主义"来界定莫言的写作，既帮莫言克服了马尔克斯和福克纳的光辉并拔出泥脚，又以"幻觉"二字，重新定义并重点强调了莫言写作的诗性特质。事实上，诺奖后的莫言，也的确以一批卓异的"诗文字"（包括话剧）沸腾起一个小说大师的诗学兴致。

善于讲故事的莫言，在《聂鲁达的铜像》这一类型的诗作中，谦逊地将高明的叙述和盘根错节的隐喻，让位于信马由缰的思想表达和简约精准的修辞操练。《聂鲁达的铜像》以瘦削、直立的对话文本，折射出一次灵魂嚣张、为你而生的精神相遇，——庚子春的哑默，"大海是人民的"澎湃感，以及聂鲁达式的黑岛之爱与政治灼烧感："我从未放弃过对孤独，对愤怒，对忧郁的表达。"诗人的激情与小说家的克制，冷笑的嘲讽与微笑的抚慰，如纸里的火与滚烫岁月里的寒流袭来，以追忆和洞见，缓解"鱼在盘中"的战栗。

悄无声息的半夜，在京师学堂，被聂鲁达灵魂塑型的诗人莫言，像极了被洛尔迦激赏为"离痛苦比智力近"的聂鲁达对自己的描述："我是杂食动物，吞食感情、生物、书籍、事件和抗争。"聂鲁达，这个曾经的寻贝少年，既喜欢"你是寂静的"，也承认"我历尽沧桑"。莫言，这个高密东北乡的苦孩子，同样有着消化驳杂世象的孔孟之胃。

好的作品，总让人想起日本艺术家成田聪子的一件作品，一个蹲着看花的孩子，因为共鸣而头顶开花。莫言的诗文字，常常埋伏着雷管一样的句子，读之，虽不能头顶开花，却可以体验到他所钟爱的聂鲁达所说的那种感觉：真想把整个大地吞下，真想把大海喝干！在差不多同样的高度，一个大师才可以真正理解另一个大师。莫言愿意被聂鲁达点燃，一是为了灵魂照亮，二是为了在灰烬中确认，彼此的痛苦与类似的困境。

从气味中解读世界的复杂性
——读莫言《嗅觉》

李木马

世间人与物,皆有不同气味,尽管有大同小异,但绝不会完全一致。从某种角度而言,气味的复杂性就是生命的复杂性和世界的复杂性。的确,气味,关乎生活,关乎情感,关乎生命。婴儿的气味、老人的气味,以及狗味、猫味、鱼味,戏剧场景般的市井小巷,莫言在这首诗中为读者展现出一道"气味的长廊"。气味是具体的又是抽象的,需要灵敏的嗅觉去捕捉和回味。作者充分调动了作家、诗人的观察力和想象力,为读者展现了细雨中"狐狸小巷"小说般的情境。以狐狸灵敏的嗅觉喻人,以五颜六色的口罩为五彩缤纷的面具,让诗在光怪陆离的背景下悄然抵达了寓言与悖论。透过这首意象纷杂"乱花渐欲迷人眼"的诗,我们仿佛看见在被复杂气味包围和笼罩的世界中,作为一个走过"生命街道"的人,如何穿越诱惑与牵绊,以"出淤泥而不染,濯清涟而不妖"的心境,去安然体察和捕捉纯净的"心灵之味",去寻找"木琴般清纯"的"石头之味""竹叶清香"的"长笛"、纯洁少女的"薰衣草与薄荷的气息"……穿越气味的丛林,作者还表达出不同意象的气味与乐器的对应关系,在气味的合奏中让我们隐约地辨识生命之音,嗅到生命、爱情复杂而微妙的味道。

声　明

　　本套"2021·北岳·中国文学主题年选"收录了本年度众多优秀文学作品。在编选过程中，我们及各选本主编已尽力与大多数作者取得了联系，但仍有个别作者因故未能取得联系。见此声明，烦请来电，以便奉送样书。

　　联系人：高海霞
　　电　话：0351—5628691